D1873940

Über dieses Buch Die Polin Anna Łazarska hat ihren sterbenden Vater und ihr Land verlassen. Im Tagebuch ihres Vaters hat sie entdeckt, daß sie nicht wirklich Anna ist, sondern die Jüdin Miriam Zarg. Als einjähriges Kind war sie im besetzten Warschau außerhalb der Ghettomauer gefunden und von ihrem Retter als Anna aufgezogen worden. Sie hat Schwierigkeiten, mit ihrer neuen Identität fertig zu werden, und kann es ihrem »Vater« nicht verzeihen, sie nie über ihre Herkunft aufgeklärt, nie wirklich mit ihr gesprochen zu haben. Sie entdeckt, daß sie eine Schwester hat, die in Amerika lebt. In Briefen erfährt sie von ihr mehr über das Schicksal ihrer Familie während des Krieges.
Doch sie scheut sich, ihre neue Identität anzunehmen und ihre Schwester zu besuchen. Sie kommt bis Köln. Dort igelt sie sich in einer kleinen Pension ein. Sie ist isoliert, abgeschnitten, hilflos, denn mittlerweile ist ihr der Rückweg nach Polen versperrt. Jaruzelski hat das Kriegsrecht über Polen verhängt, die Flugverbindungen sind eingestellt. Ein deutscher Journalist wird auf sie aufmerksam. Er versucht, ihr bei der Suche nach ihrer Identität zu helfen. Zu spät. Anna begeht Selbstmord.
Der Journalist rekonstruiert aus den Materialien, die er in Annas Zimmer findet, ihr Leben. Es ist das zweigeteilte Schicksal einer polnischen Jüdin, die zu Beginn der achtziger Jahre vom Geschehen des Zweiten Weltkrieges eingeholt wird und in Deutschland vergeblich versucht, mit sich selbst und der eigenen Geschichte ins reine zu kommen.

Die Autorin Maria Nurowska, geboren 1944, lebt als freie Schriftstellerin in Warschau. 1975 debütierte sie mit einem Band Erzählungen; 1976 erschien ihr erster Roman. »Postscriptum« und ihr neuester Roman »Spanische Augen« haben in Polen ein sehr positives Echo gefunden. Nurowska gilt mittlerweile als eine der wichtigsten zeitgenössischen Autorinnen Polens.

Maria Nurowska

Postscriptum für Anna und Miriam

Roman

Aus dem Polnischen von
Albrecht Lempp

Fischer Taschenbuch Verlag

Die Frau in der Gesellschaft
Lektorat: Ingeborg Mues

Deutsche Erstausgabe
Veröffentlicht im Fischer Taschenbuch Verlag GmbH,
Frankfurt am Main, Januar 1991

Die polnische Originalausgabe erschien
1989 unter dem Titel »Postscriptum«
im Verlag Wydawnictwo Literackie, Krakau
© by Maria Nurowska, Krakau 1989
Für die deutsche Ausgabe:
© 1991 Fischer Taschenbuch Verlag GmbH, Frankfurt am Main
Umschlaggestaltung: Friederike Simmel
unter Verwendung eines Fotos von Elżbieta Lempp
Gesamtherstellung: Clausen & Bosse, Leck
Printed in Germany
ISBN 3-596-10309-6

Ich hätte mir denken können, daß sie so etwas machen würde. Unbewußt hatte ich vielleicht sogar darauf gewartet. Dieser vage Gedanke hatte mir Mut gegeben, erklärte unsere gemeinsame Anstrengung. Während der paar Monate, in denen ich mich mit dieser Frau traf, hatte ich den Eindruck gehabt, daß sich vor meinen Augen ein Wunder ereignete. Aus den Trümmern einer zerbrochenen Persönlichkeit entstand von neuem ein Mensch. Weder sie noch ich wußte, was das für ein Mensch sein würde, doch mit jedem Tag, der verging, zog mich das Spiel um ihr Leben stärker in Bann. Wie gesagt, ich erwartete eine Katastrophe, doch hielt ich sie nicht für unabwendbar, ich machte mir sogar gewisse Hoffnungen.

Mir ist der Vorwurf gemacht worden, ich hätte diese Frau für meine journalistischen Zwecke nach außen hin abgeschirmt. Das geht an der Wahrheit vorbei. Sie selbst wollte nicht ausgehen, sich auch mit niemand anderem treffen.

Vielleicht ein paar Worte über mich. Ich heiße Hans Benek, bin sechsunddreißig Jahre alt und Junggeselle. Ich arbeite bei einer Zeitung, für die ich in den Jahren 1976–1981 als Korrespondent aus Polen berichtet habe. Daher mein Interesse am Schicksal Anna Łazarskas. Auf sie aufmerksam gemacht hat mich die Besitzerin einer Pension hinter dem Kölner Dom.

Auf dem Weg zu dem Treffen mit der Polin hatte ich gedacht, daß es bei diesem einen Gespräch bleiben würde. Ich hatte mich getäuscht. Bei ihren ersten Worten wußte ich, daß ich hier auf erstklassiges Material gestoßen war, das ich mir nicht entgehen lassen durfte. Ich kann die Sprache so weit, daß wir keine Schwierigkeiten mit der Verständigung hatten, schlimmer war es mit der Abschrift vom Band. Stellenweise sprach die Łazarska undeutlich, verschluckte sie die Silben, und manchmal war ein unterdrücktes Weinen zu hören. Ich hatte mich hilfesuchend an eine befreundete Polin gewandt, dann aber bald auf die Zusammenarbeit mit ihr verzichtet. Sie war völlig mitgenommen von dem, was die Bänder enthielten. Sie wußte von Anna Łazarskas Selbstmord, die Presse hatte darüber ausführlich berichtet und sie dabei als ein Opfer des Kriegsrechts hingestellt. Hier die Notiz, die meine Zeitung gebracht hatte:

»Heute in den frühen Morgenstunden sprang die polnische Staatsangehörige Anna Łazarska (40 Jahre) aus dem neunten Stock des Kaufhauses Hansen. Bei der Toten wurde ein Flugschein für den 13. Dezember 1981 * nach Warschau gefunden. Die Zeit des Wartens bis zur Wiederaufnahme der Flüge nach Polen erwies sich im Fall von Anna Łazarska im wahrsten Sinne des Wortes als tödlich.«

Ich überlegte, welche Form ich dem gesammelten Material geben sollte, das vor allem aus den Tonbandaufnahmen meiner Gespräche mit der Łazarska bestand, dem Tagebuch ihres Vormunds, Witold Łazarski, ihren Aufzeichnungen sowie meinen Notizen und Kommentaren. All das bedurfte der Bearbeitung, war lediglich Rohmaterial. Und doch, nach einigem Nachdenken gebe ich dieses Rohmaterial dem Leser in die Hand, in der Hoffnung, daß er sich selbst ein Bild von Anna Łazarskas gescheitertem Leben macht. Der Text mag stellenweise holprig wirken und wenig verständlich, wofür ich schon jetzt um Verzeihung bitte.

Ich traf die Heldin zweier Lebensläufe in einem unpersönlichen Raum an. Es gab dort keinerlei Anzeichen von Leben außer einem Aschenbecher voller Zigarettenstummeln. Anna Łazarska machte auf mich den Eindruck einer eher unscheinbaren Frau. Sie war ungefähr 165 cm groß, hatte dunkle, kurzgeschnittene Haare, die über der Stirn eine Spur von Grau aufwiesen, eine graue Strähne, könnte man sagen. Sie kniff die Augen zusammen, wie dies für Kurzsichtige typisch ist.

Tonbandaufzeichnung vom 20. Dezember 1981. Die Łazarska wußte nicht, daß das Tonband lief

Ich Ich heiße Hans Benek, vor kurzem bin ich aus Polen

* Einige Daten, Namen und spezifische Ausdrücke werden im Anhang auf S. 153 ff. erklärt.

zurückgekommen. Ich dachte, Sie würden sich vielleicht gerne mit jemandem in Ihrer Sprache unterhalten.
Anna Łazarska Mir liegt nichts an einem Gespräch.
Ich Sie gehen nicht aus, schauen kein Fernsehen, hören kein Radio...
Anna Ł. Ich kann kein Deutsch.
Ich Sie müssen sich isoliert vorkommen.
Anna Ł. Ich brauche eure Sprache nicht.
Ich Warten Sie auf den Flug nach Warschau?
Anna Ł. Kann sein.
Ich Sie sind nicht sicher? Denken Sie daran hierzubleiben?
Anna Ł. Das ziehe ich nicht in Betracht.
Ich Irgendein anderes Land im Westen?
Anna Ł. Kaum.
Ich Dann also Rückkehr?
Anna Ł. Was meinen Sie mit Rückkehr?
Ich Den Flug nach Warschau.
Anna Ł. Ja, der Flug nach Warschau.
Ich Hat der Kriegszustand Ihre Pläne durcheinandergebracht?
Anna Ł. Sie irren sich. Ich bin nicht zum Flughafen gefahren; dabei wußte ich nicht einmal, daß die Flüge eingestellt waren.
Ich Was heißt das?
Anna Ł. Ich war mir nicht sicher, ich beschloß, noch ein paar Tage zu warten.
Ich Aber Ihr Ticket verfiel?
Anna Ł. Ja, mein Ticket verfiel.
Ich Wie wollten Sie zurück?
Anna Ł. Darüber machte ich mir keine Gedanken. Ich hätte mir ein neues kaufen können.
Ich Für D-Mark?
Anna Ł. Ja, für D-Mark.
Ich Das läßt sich für Złotys machen. Ein Telex nach Polen genügt.
Anna Ł. Ich habe dort niemanden.
Ich Der Verlust eines Tickets ist für jemanden von dort eine große finanzielle Belastung.

Anna Ł. Ich denke nicht an Geld.
Ich Und woran denken Sie?
Anna Ł. Ob ich Gnade erlangen kann.
Ich Bitte?
Anna Ł. Die Gnade der Vergebung.

Aus den Aufzeichnungen von Anna Łazarska
Würde ich die Gnade der Vergebung erlangen können? Sollte ich danach streben? Doch selbst wenn er mir vergeben würde... Ich hatte gedacht, daß die Entfernung mich zumindest teilweise von diesem elenden, siechen Körper befreien würde... Was ein Mensch sein kann, erfahren wir erst in Ausnahmesituationen, treten solche nicht ein, leben wir in Unwissenheit. Auch was ein Tag sein kann, den wir von morgens bis abends durchleben müssen, durchleiden müssen. Das Fehlen der Kontrolle über den eigenen Körper kann zu einem tiefen menschlichen Drama werden.
In seinen Bemühungen war mein Vater heroisch. Er rasierte sich täglich, obwohl diese einfache Tätigkeit zu einem Eisberg heranwuchs, den es zu umschiffen galt. Wir bezwangen ihn gemeinsam, aber waren uns dadurch nicht näher. Vielleicht anders: Wir konnten uns diese Nähe nicht zeigen. Sein Schädel glich einem indianischen Schrumpfkopf und erschreckte mich jedesmal, wenn ich ins Zimmer kam. Der Sessel, den er einmal mit seinem Körper ausgefüllt hatte, wurde immer leerer. Er ging aus dieser Welt ohne ein Wort der Klage, eingehüllt in sein Schweigen. Nur dieses kleine Gesicht eines alten Kindes und seine entsetzten Augen. Mein Erstaunen darüber, daß ein großer und stattlicher Mann von einiger Leibesfülle sich in kurzer Zeit in ein vergilbtes, verdorrtes Menschlein verwandeln konnte.
Aber dieser menschliche Schatten war jemand überaus Reales in meinem ganzen Leben gewesen. Dieser Mensch von fremdem Blut war meine Familie. Fremdes Blut, kann es eine Trennung zwischen Menschen geben, die grausamer ist? Ich werde dazu einiges zu sagen haben. Deshalb, unter anderem, war ich damit einverstanden, daß der Journalist hierher kam. Er hat einen müden Gesichtsausdruck, wodurch der Ein-

druck entsteht, als ob er viel verstünde! Außerdem ist er ein Deutscher...

Tonbandaufzeichnung vom 20. Dezember 1981, Fortsetzung

Ich Sie werfen sich etwas vor.

Anna Łazarska Ja.

Ich Können wir darüber sprechen?

Anna Ł. Eigentlich nicht. Sie würden sich langweilen. Nichts Interessantes für einen Journalisten, ich habe mich nicht mit Jaruzelski angelegt. Es betrifft mich, mich ganz allein.

Ich Ich bin privat hier.

Anna Ł. Sind Sie nicht, Sie können sich eine solche Zeitvergeudung gar nicht erlauben *(Lächeln)*.

Ich Vielleicht will ich Ihnen helfen? Von Mensch zu Mensch.

Anna Ł. Seit wann sind Journalisten Menschen?

Ich sollte hier anfügen, daß ich die Łazarska nach diesem recht eigenartigen Gespräch nicht etwa für eine unausgeglichene Person gehalten hatte. Von Anfang an war mir klar gewesen, daß sich hinter ihren Worten ein echtes Drama verbarg und daß es meine Pflicht war, zu ihm vorzudringen. Ich glaube, daß auch die Łazarska sich dessen bewußt gewesen war.

Als ich sie damals im März nicht in der Pension antraf, bat ich die Wirtin um den Zimmerschlüssel. Auf dem Tisch lag ein Brief. Schon beim ersten Satz wußte ich, daß er ein Unglück ankündigte, das sich nicht mehr rückgängig machen ließ. Ich zog die Schublade heraus. Ich fand darin ein kleines Tonbandgerät, eine zerfledderte Kladde, ein paar Briefe und ihre Aufzeichnungen. Ich beschloß, alles mitzunehmen, bevor die Polizei es tun würde. Es befand sich ein Fragebogen darunter, den die Łazarska einmal erwähnt hatte. Sie hatte davon gesprochen, daß sie ihn ausgefüllt, ihn aber nicht mehr zurückgegeben habe, weil sie damals schon jemand anderes gewesen sei.

Fragebogen

Welche Bedeutung hat für dich der Begriff »Generation«, würdest du dich zur »März-Generation« rechnen?

Vielleicht lebte ich, besonders in meiner Jugend, zu sehr abseits und für mich allein, ich nahm nur selten an den verschiedenen kollektiv organisierten Unternehmungen teil. Deshalb bildete sich in mir auch nicht das Gefühl der Zugehörigkeit zu einer bestimmten Generation heraus. Lange Zeit schien mir das Milieu die bessere Grundlage für eine Identifikation und für ein Gefühl der Gemeinsamkeit zu sein als die Generation. Auch jetzt, wo ich meine eigenen Erfahrungen und meine Biographie identifizieren will, paßt mir das Wort »Generation« nicht recht.

Mein Vater, ein Rechtsanwalt, war während des Krieges nicht im Untergrund aktiv, er war auch kein Soldat im Warschauer Aufstand, er war, wie er es selbst nannte, »Zivilist«. Trotzdem wurde er nach dem Krieg verhaftet und saß sechs Jahre im Mokotower Gefängnis, allein wegen seiner Zugehörigkeit zur Intelligenz der Vorkriegszeit.

Im Gymnasium gehörte es sich für mich und meine Altersgruppe nicht, sich zu engagieren oder für etwas zu kämpfen – das wäre ein Beweis für den polnischen »Affenverstand« gewesen. Ein gewisser, für die Jugendjahre so kennzeichnender Zynismus (nicht selten aufgesetzt und vorgetäuscht) und die Mißachtung der als geltend vermittelten Spielregeln entstanden, meiner Meinung nach, unter Berufung auf die Erfahrungen der elterlichen Generation.

Aus der Grundschule erinnere ich mich an den Tod Stalins, den Religionsunterricht und daran, daß der Unterricht in den unteren Klassen mit einem Schulgebet begann. Ich erinnere mich auch an den Oktober '56. Ich erlebte ihn zusammen mit meinem Vater, der mir einige Sachen erklärte. Während seiner Haft war ich in einem Kinderheim.

Die ersten zwei Jahre meines Jurastudiums waren dann die Zeit, in der ich mich vielleicht am meisten für gesellschaftliche und politische Probleme interessierte. Ich hatte damals Unterricht in politischer Ökonomie und Marxismus; das waren die ersten Theorien, mit denen ich nähere Bekanntschaft machte, und ich hielt sie für entsprechend tiefgründig und gleichzeitig für wahrhaftig und ethisch. Später kehrte sich mein Interesse jedoch wieder den individualistisch-psychologischen Problemen zu (wenn man das so nennen kann). Es hatte eine dauerhaftere und stabilere Basis, insofern, als es dabei in erweiterter Form um das Interesse an mir selbst und an denen ging, zu denen ich engeren Kontakt hatte. Etwa zur selben Zeit kam mir dann an der philosophischen und soziologischen Fakultät erstmals Kritisches zum Marxismus zu Ohren (z. B. Ossowska – daß man von beschreibenden Urteilen, die logisch begründet sind, nicht zu wertenden Urteilen kommen darf, daß sich die Vorhersagen von Marx nicht erfüllt haben usw.) und zur damals bestehenden Gesellschaftsordnung. Gleichzeitig bekam ich aber auch, hauptsächlich dank einiger Auslandsreisen, Ausgaben der Pariser »Kultura« in die Hände. Komisch, daß mir die Sprache solcher Verlage beim ersten Kontakt zu »privat« erschien, zu wenig offiziell und gelehrt, was mir anfangs den Wert des vermittelten Wissens verdächtig machte. Erst nach einiger Zeit merkte ich, daß die Sprache eine höhere Qualität hatte als z. B. die Sprache der Warschauer »Kultura«, an die ich bisher gewöhnt war. So verging mir nach den ersten zwei Studienjahren das Interesse an der Politik, ich war auch nie Mitglied irgendeiner politischen Organisation oder eines Jugendverbandes. Nach zwei Jahren eines eher oberflächlichen Interesses für die Ideen des Sozialismus kehrte ich also zu den von zu Hause mitgebrachten, jetzt unwesentlich vertieften Überzeugungen zurück, daß das bestehende System in Polen ineffektiv, ja stellenweise geradezu idiotisch sei.

Damals brach ich mein Jurastudium ab, zu dem mich mein Vater überredet hatte, und besuchte das Konservatorium. Anfangs als freie Hörerin; später wurde ich dann zum ersten Studienjahr zugelassen. Dann kam der März '68. Viele meiner Bekannten wurden vorübergehend festgenommen oder kamen gar bei verschiedenen Gelegenheiten ins Gefängnis. Ich selbst nahm an einigen Versammlungen und »Aktionen« teil (Kundgebungen auf dem Gelände der Warschauer Universität, Demonstrationen, Besuch von Streikenden; ich erinnere mich, daß Sit-ins damals »italienische Streiks« genannt wurden), doch nahm ich lediglich die Position einer passiven Beobachterin ein. Über meine damalige Haltung läßt sich mehr oder weniger soviel sagen: Ich war eine passive Beobachterin der Ereignisse, ich unterstützte »die Bewegung« und identifizierte mich mit ihr im selben Maße, wie das die Mehrzahl der Studenten tat. Trotz vieler Kontakte zu Freunden und Kommilitonen identifizierte ich mich aber nicht mit der Gruppe der Organisatoren, der Aktivisten und Studentenführer. Das war irgendwie ein anderes Milieu. Wer weiß, ob nicht die nachhaltigste Erfahrung der März-Ereignisse die Entdeckung des »jüdischen Problems« in Polen war. Ich überzeugte mich damals mit eigenen Augen (vorher hatte ich lediglich von den »Juden in der Regierung« gehört), daß es in Polen Juden gab und daß viele von ihnen Bekannte oder Freunde von mir waren...

Aus den Aufzeichnungen von Anna Łazarska

Ich hatte geglaubt, recht gut zu wissen, wer ich sei, bis zu dem Moment, als ich in der Schreibtischschublade seine Notizen fand. Er war damals schon sterbenskrank. Der erste Eintrag, auf den ich stieß:

»Schon seit über einer Woche stecken wir im Keller, hinter dem verschütteten Fenster kommt zaghaft ein wenig Licht durch. Wir ernähren uns von verschimmelten Möhren und roten Rüben. Außer mir sind hier noch der Mieter aus der Wohnung über uns, dem die Explosion das Augenlicht geraubt hat, und eine junge Frau. Bei dem Bombenangriff hat sie ihr Kind verloren, was die Situation der kleinen Jüdin ändert. Die Frau stillt sie, und das scheint ein Segen für beide zu sein.

Mit einer gewissen Erleichterung denke ich, daß ich mich nach mehr als einem Jahr von einer doch recht unangenehmen Pflicht befreit fühlen kann. Könnte. Denn ich beobachtete, wie die Kleine in meine Richtung kroch. Sie erinnerte mich an ein vorsintflutliches Tierchen. Der quadratische, große Kopf ohne Haare, die geschlossenen Augen, das leicht nach vorne hochgereckte Kinn, als ließe sie sich vom Geruch leiten.«

Tonbandaufzeichnung

Anna Łazarska Welches Kind, dachte ich damals, warum hat er mir nie davon erzählt? Ich blätterte ein paar Seiten zurück und stieß auf die Beschreibung, wie er es gefunden hatte. Mich beschlich die Ahnung, daß dieses jämmerliche Leben, das er in den Falten einer alten Jacke entdeckt hatte, mein Leben sein könnte. Entsetzt verwarf ich diesen Gedanken. Mein Vater hatte sich als Schriftsteller versucht. Ich glaube, ich nickte bestätigend zum Zeichen, daß es sich hier tatsächlich um seine unbefriedigten literarischen Ambitionen handelte. Er hatte irgendwelche Jagderzählungen an den »Jäger« geschickt, ein paar wurden sogar gedruckt. Was konnte mich mit dem jüdischen Kind verbinden? Ich hieß Anna Łazarska; meine Mutter Irena, geborene Gniewkowska, war bei einer Straßenrazzia gefaßt worden und in Auschwitz umgekommen. Als Kind hatte ich stundenlang auf ihr Porträt gestarrt. Sie hatte ein helles, hübsches Gesicht. Ich hatte mich gefreut, daß meine Mutter so aussah...

Aus den Aufzeichnungen von Anna Łazarska

Vom Fenster aus sieht man die Straßenecke, auf der anderen Seite ein Geschäft und ein Stückchen von einer Tankstelle. Das ist jetzt mein Gesichtsfeld. Ich kann die Autos beobachten, die hier vorfahren. Gewöhnlich sind sie groß, Männer im mittleren oder vorgerückten Alter steigen aus ihnen aus. Ich wundere mich, daß sie trotz der Kälte nur dünne Mäntel tragen. Vielleicht ist es in ihren Limousinen warm. Die älteren haben graue Haare, ein schlaffes Kinn und einen einfältigen Gesichtsausdruck. Jeder von ihnen erweckt den Eindruck eines guten Deutschen. Wo aber stecken die schlechten?

Ich erinnere mich, daß, sobald ich im Ausland mit Leuten zusammen war und sich darunter ein Deutscher befand, er es jedesmal für seine Pflicht hielt, mir mitzuteilen, daß er während des Krieges in der Intendantur gearbeitet habe. Ein Deutscher im entsprechenden Alter, vergaß ich zu sagen, die jüngeren konnten schon eine beliebige Vergangenheit haben. Und alles, weil ich Polin war. Wenn ich gesagt hätte, daß ich Jüdin bin...

Der Blick aus dem Fenster verrät nichts über die Nähe des Doms, dieses berühmten Doms gegenüber dem Bahnhof. Ich war überwältigt gewesen von seinem Anblick. Ich hatte dagestanden und mir den Hals ausgerenkt. Das ist lange her, ich war damals gerade sechzehn, ich hatte ihn mit meinem Vater besichtigt, das heißt eigentlich mit meinem Vormund. Später bin ich schon nicht mehr so dagestanden, da verfolgten mich die Erinnerungen, und wichtig war nicht diese Verkörperung des emporstrebenden menschlichen Gedankens, sondern jener Mensch... Vielleicht bin ich deshalb hergekommen. Vielleicht wollte ich mich wiederfinden, jenes Mädchen von damals. Und ihn wiederfinden...

Der Journalist. Daß er mich besucht, kann den Lauf der Ereignisse in keiner Weise beeinflussen. Er glaubt, das geht, aber er macht sich etwas vor. Er weiß nicht, daß ich unsere Gespräche heimlich aufnehme. In der Schublade habe ich ein kleines Tonbandgerät. Ich schalte es ein, wenn ich seine Schritte vor der Tür höre. Ich erkenne sie. Seit einiger Zeit ist mein Gehör geschärft.

Der Mann ist das Relais meiner Gedanken, sie reflektieren sich in ihm wie in einem Spiegel. Dadurch, daß ich zu ihm spreche, werden sie für mich verständlicher. Wenn er gegangen ist, höre ich das Band ab, ich kann es zurückspulen und wieder von neuem abspielen...

Die Grausamkeit der Zeit traf mich ganz anders, als dies sonst meist der Fall ist. Mich überraschte nicht ihr Verstreichen, das Altern meiner Augen, meines Gesichts, sondern... *(der Text bricht ab)*

Die Narkose, das Erwachen aus ihr. Zuerst ein Knacken, das Zucken eines fernen Lichts wie in einem Tunnel. Und dann der plötzliche Triumph: Ich war in einem dunklen Zimmer! Ich fürchtete mich nicht!

Aus dem Tagebuch von Witold Łazarski

Ich verstehe ihre wahnsinnige Angst vor der Dunkelheit des Zimmers nicht, ob sie sich am Ende an den Keller erinnert? Ich bemühe mich, ihr diese Angst zu nehmen, solche Kindheitsängste wachsen sich im Unterbewußten leicht zu Phobien aus. Doch um nichts in der Welt geht sie in mein Arbeitszimmer, wenn dort die Lampe nicht brennt. Ich gehe rein, komme zurück, aber sie läßt sich nicht überreden.

Tonbandaufzeichnung
Ich Wie alt ist Witold Łazarski jetzt?
Anna Łazarska Achtzig.
Ich Er ist schon alt.
Anna Ł. Er ist nicht alt, er ist nur sehr krank. Ich habe bei ihm keinerlei Veränderung in seiner Beurteilung der Welt und ihrer Erscheinungsformen bemerkt. Jeden Gedanken formuliert er unerhört präzise. Mich hat das immer etwas verunsichert, ich kam mir dann zerfahren vor, weil ich mich nicht allzu klar ausdrückte. Er gebrauchte nie ein Wort zuviel. Das Problem ist vielmehr sein eingeschränktes physisches Vermögen. Er war immer unabhängig. Ich ging zur Schule, studierte, und er, kann man sagen, führte den Haushalt. Wir hatten kein Dienstmädchen, weil er im Haus keine fremden Personen ertragen hätte. Er machte die Einkäufe und kochte das Mittagessen. Ich war fürs Saubermachen zuständig, doch als er dann in Pension ging, nahm er mir auch das ab. Nur mein Zimmer putzte er nicht, da respektierte er meine Privatsphäre.

Aus dem Tagebuch von Witold Łazarski
In der Frühe begann es zu regnen, und ich dachte, ich müsse auf meinen Spaziergang verzichten, aber gegen Mittag hellte sich der Himmel auf, und die Sonne kam sogar ein bißchen durch. Beim Weggehen nahm ich trotzdem den Schirm. Auf der Treppe traf ich Z. Wir lüfteten unsere Hüte; seit jenem denkwürdigen Gespräch grüßen wir uns immer so, ohne ein Wort zu wechseln. Die Richtigkeit meiner Entscheidung scheint außer Frage zu stehen, jetzt sogar mehr als früher. Ein Zivilist sollte sich nicht als Soldat aufspielen, das nimmt gewöhnlich ein schlechtes Ende für ihn und seine Kollegen.
»Ich kann nicht den Soldaten spielen«, erwiderte ich auf seinen Vorschlag.
»Aber beim Krieg spielen Sie mit«, sagte er. In seinem Blick

las ich so etwas wie Verachtung, aber auch die Bestätigung, daß er sich in mir doch nicht getäuscht hatte.
»Ich stehe als Rechtsanwalt zur Verfügung«, sagte ich.
»Als Rechtsanwalt sind Sie uns am wenigsten vonnöten«, entgegnete er diesmal mit unverhohlener Ironie.
Ich reichte ihm seinen Mantel, beim Gehen lüftete er den Hut. Und so blieb uns diese eine, in den Beziehungen der Menschen so unbedeutende Geste.
Unten überraschte mich die Wärme dieses Nachmittags, immerhin war es noch April. Verrückter Frühling, vor ein paar Tagen noch hatte eine unbeschreibliche Kälte geherrscht, die Menschen hatten sich in ihren hochgeschlagenen Kragen verborgen, und heute konnte man in leichter Kleidung spazierengehen. Der Regen war feiner als erwartet. Ich überlegte einen Moment, ob ich nicht bei Irenas Schwester vorbeischauen sollte, doch nach kurzem Zögern entschied ich mich anders. Das Treffen mit Z. auf der Treppe war schon irritierend genug gewesen. Ich ging in die entgegengesetzte Richtung. Gewöhnlich machte ich kehrt, wenn die Mauer allzu nahe schien, diesmal ging ich weiter. Es ist schwer, das jetzt zu erklären, vielleicht hatte ich keine Lust, schnell nach Hause zurückzukommen, nachdem ich so lange über den Büchern gesessen hatte. Dann sah ich das, was an der Mauer lag. Einen Moment lang dachte ich, es sei eine Jacke, die jemand da hingeworfen hatte. Und so war es auch. Doch eigenartig, sie bewegte sich leicht. Ich entschloß mich, das Revers etwas beiseite zu schlagen, und da sah ich das Kind.

Aus den Aufzeichnungen von Anna Łazarska

Nach seiner Entlassung aus dem Gefängnis fand mich mein Vormund im Kinderheim. Wir fuhren nach K. Er eröffnete dort wieder eine Anwaltspraxis. An der Tür zu unserer Wohnung hing ein Schild: »Witold Łazarski, Rechtsanwalt«. Und das bedeutete, daß uns jetzt nichts mehr bedrohte. Das Schild war eine Garantie für uns beide. So dachte ich damals. Ich war dreizehn, mager, mit einem etwas blassen Gesicht, nur meine Augen waren schrecklich schwarz. Der Hausmeister unseres Mietshauses, der gute Herr Brzózka, neckte mich immer: »Na, na, hat sich das kleine Fräulein wieder die Augen angemalt, was sagen sie denn in der Schule dazu?« Meine Augen malte ich nicht an, dafür ein bißchen meine Brauen. Mein Vater hatte ein ausdrucksvolles, für mich sehr schönes Gesicht. Ich wünschte so, ihm ähnlich zu sein! Aber er war ja blond, hatte helle Augen und ganz andere Gesichtszüge als ich. Einmal fragte ich ihn, warum ich weder ihm noch meiner Mutter ähnlich sei, da lachte er. »Das kommt sogar in den besten Familien vor«, sagte er. Scherz, das war die gängige Münze zwischen uns.

Was tat ich, als mir endlich klarwurde, daß ich diese kleine Jüdin war? Ich glaube, ich ging zum Spiegel und schaute in mein Gesicht. Ja, ich schaute es an, schaute tief hinein wie in etwas, das ich zum erstenmal sah. Mein Gesicht... Ich hatte mich daran gewöhnt, hatte es als ausgemachte Sache genommen, und jetzt sollte sich plötzlich herausstellen, daß es nicht mir gehörte. Selbst als ich ein Kind gewesen war, da hatte jene vor dem Spiegel Grimassen geschnitten, wenn niemand zuschaute, und ihr Gesicht verzogen, da hatte sie Schleifen in meine Zöpfe geflochten. Aber wo war ich in dieser Zeit gewesen?

»Ich stelle mir eigenartige Fragen«, ging es mir durch den Kopf. »Ich muß nur zu ihm gehen und ihn fragen. Soll er mir antworten, nachdem er es zugelassen hat, daß eine Jüdin heimlich mein Leben gelebt hat, soll er sagen, wie es weitergeht. Aber ihm konnte man solche Fragen nicht stellen. In allem war er jetzt auf mich angewiesen. In dem von ihm erbauten Haus, in dieser Festung, waren nur wir beide.«

Aus dem Tagebuch von Witold Łazarski

Vor mir lag in einem dreckigen, modrig stinkenden Lumpen ein Säugling. Sein Kopf ganz ohne Haare glich einem Ballon. Selbst die Augen waren ohne Wimpern. Der ganze Körper war mit eitrigen Geschwüren bedeckt. Ich hatte nicht das Gefühl, es mit einem menschlichen Wesen zu tun zu haben. *(Am Rand eine Anmerkung von Anna Łazarska:)* »Wie oft habe ich das schon gelesen? Und immer wieder dasselbe Erstaunen, daß er so über mich schreiben konnte. Ich war auch kein

Säugling mehr, längst hatte ich das erste Lebensjahr überschritten, aber das sollte sich erst später zeigen, als ich schon mehr wie ein Mensch aussah.«

Ich klopfte bei Z. Er öffnete mir in Morgenpantoffeln mit einem überlegenen Lächeln auf den Lippen. »Bitte, treten Sie ein«, sagte er höflich.

»Eigentlich wollte ich Sie zu mir bitten.«

»Ist etwas passiert?« fragte er vorsichtig.

»Ja. Ich glaube ja.«

Das Kind lag in der alten Jacke. Ein eigenartiger Geruch hatte schon das ganze Zimmer erfüllt. Z. betrachtete es mit dem Zeichen höchster Verwunderung.

»Was ist das?« fragte er schließlich.

»Ein Säugling. Ich habe ihn heute gefunden.«

»Was heißt das? Sie haben ihn gefunden?«

»Er lag an der Mauer. Auf unserer Seite.«

Z. machte förmlich einen Satz.

»Und was erwarten Sie von mir?«

»Eher von euch. Ich erwarte von euch Hilfe. Ich habe keinerlei Erfahrung mit Kleinkindern.«

»Glauben Sie denn, die Heimatarmee wurde einberufen, um jüdischen Kindern den Hintern zu putzen?«

»Ich denke gar nichts, ich verlange Hilfe.«

»Sie verlangen Hilfe«, Z. zog die Brauen hoch, »aber uns haben Sie sie verweigert.«

»Ich habe sie nicht verweigert. Ich konnte nicht anders.«

Wir verstummten.

»Ich schaue, was sich machen läßt«, sagte Z. schließlich. »Zuerst einmal muß das Kind gefüttert werden. Haben Sie Milchpulver?«

Ich schüttelte den Kopf.

»Ich müßte noch etwas haben. Vor allem sprechen Sie nicht darüber. Die Sache kann uns Kopf und Kragen kosten. Falls es weinen sollte...«

»Bisher hat es keinen Ton von sich gegeben.«

»Um so besser.«

Entschlossen verließ Z. die Wohnung, um nach kurzer Zeit mit einer Büchse englischen Milchpulvers zurückzukommen.

(Am Rand eine Anmerkung von Anna Łazarska:) »›Z. kam mit einer Büchse englischen Milchpulvers zurück. Die kleine Jüdin wurde davon schwer krank, weil es zu fett war. Der Durchfall zehrte sie noch mehr aus. Es bestand die Befürchtung, sie würde endlich aufhören zu leben.‹ Er hat diesen hirnrissigen Satz geschrieben. Bewußt oder unbewußt definierte er damit sein späteres Verhältnis zu mir. Er fürchtete, ich würde ihn endlich von meiner Person erlösen. Vielleicht gelingt es mir, festzustellen, welche Behauptung für ihn die wichtigere war. Deshalb stand ich auf dem Waldweg und spähte durch die Bäume. Er ärgerte sich immer, daß ich ihm die Jagd verdarb. Die ganze Zeit mußte er daran denken, daß ich dort stand und wartete. »Schenk es dir wenigstens, wenn es regnet«, sagte er. Aber ich konnte es nicht. Ich mußte hinrennen und mein großes Geschenk in Empfang nehmen: mich an seinen Hals hängen zu dürfen. Schweißgeruch vermischt mit Nikotin – so roch für mich die Geborgenheit. Um uns herum tollte Fil, ein Pointer, den wir als Welpen bekommen und aufgezogen hatten und bei dessen Todeskampf wir beide Wache hielten. Er war damals schon alt und seine Barthaare grau. Er litt an einer Niereninsuffizienz. Er quälte sich sehr, und wir waren hilflos. Tag und Nacht hockten wir an seinem Lager, und von Zeit zu Zeit warf er uns einen dankbaren Blick zu. Das war das einzige Mal, daß mir mein Vater erlaubte, die Schule zu versäumen. Selbst mit leichtem Fieber ging ich hin, ich bekam dann Knoblauch mit Honig und Milch und wurde direkt vor das Schultor gefahren. Meine Mitschülerinnen machten einen Bogen um mich, denn ich stank nicht schlecht. Aber damals durfte ich bei Fil ausharren. Und ich war meinem Vater dankbar dafür. Vielleicht ahnten wir beide, daß hier ein Mitglied unserer kleinen Familie starb und daß kein neues hinzukommen würde. Wir nahmen uns keinen Hund mehr. Und mein Mann faßte bei uns irgendwie nie Fuß.

Hätte ich es ahnen können, als ich mich an seinen Hals hängte, daß gerade er das Geheimnis meines Schicksals in sich trug? Warum hat er das gemacht? Warum hat er mir erlaubt, jemand anderes zu sein? Verstand er nicht, daß er damit meine Seele verletzte? Und wenn er schon einen solchen Entschluß gefaßt hatte, warum schrieb er dann? Oder genauer – für wen?

Ich weiß schon nicht mehr, worüber ich mehr Groll empfinde, darüber, daß er geschwiegen hat, oder darüber, daß er geschrieben hat. Lag ihm daran, daß ich es erfahren würde, wie kalt er mich betrachtete? Seiner Meinung nach hat er mich vielleicht gar nicht betrogen.

›Sag Tochter zu mir‹, beharrte ich.

Lachend schüttelte er den Kopf.

›Das kann ich nicht, denn du bist Anna.‹

Er lachte, aber meine Augen waren voll Tränen. Nie sagte er von mir ›meine Tochter‹. Immer war es nur der Vorname. Damals streckte er seine Hand nicht zu mir aus, er tröstete mich nicht. Er wollte mich zu einem widerstandsfähigen Menschen erziehen. Eine solche Methode ließ keinen Platz für Zärtlichkeiten. Nur auf dem Weg, wenn er mit der Flinte aus dem Wald kam, durfte ich mich an ihn schmiegen. Durfte ich ihn umarmen. Gerade so viel hatte ich mir erkämpft, und ich ließ es mir nicht wegnehmen.

›Du könntest es dir wenigstens schenken, wenn es regnet‹, sagte er zornig.

Ich konnte es nicht. Ich stand am Rand des Waldwegs, naß bis auf die Knochen, und meine Knie flatterten vor Kälte, aber es gab keine Macht auf Erden, die mich von dort weggebracht hätte. Ich wartete auf meinen Vater. Hätte er es mir gesagt, dann hätte ich auf meinen Vater gewartet. Doch er wählte die Lüge. Dieser rechtschaffene Mensch hatte sich zu einem Leben aus Lug und Trug entschlossen, und lange Zeit konnte ich nicht ergründen, warum. Er hatte nicht versucht, es zu erklären, sondern ließ mich mit jedem Tag tiefer in die Unwahrheit meines Schicksals versinken, und er selbst nahm daran teil. Dabei hätte es gereicht zu sagen:

›Ich kann nicht, weil du eine kleine Jüdin bist.‹

Damals, als ich sechs war und dann dreizehn und als ich es mit dem Verstand eines Kindes hätte begreifen können. Heute ist es zu spät. Für mich. Für ihn. Deshalb habe ich ihn allein gelassen, als er mich am meisten brauchte. Ich verließ ihn,

obwohl ich wußte, daß er im Sterben lag und daß ich seine ganze Familie war. Ich konnte nicht anders. Aber ich komme zurück. Ich weiß jetzt, daß ich zurückkomme. Meine Bindungen haben sich als stärker erwiesen als die Bitterkeit, die mich überkam, als ich seine ›Notizen‹ fand. So hatte er seine Kladde betitelt: ›Notizen‹. Auf hundert Seiten spielte sich das stumme Drama unseres Zusammentreffens und gemeinsamen Lebens ab. Stumm, denn er hatte sich nicht entschließen können, es ins gesprochene Wort zu übersetzen.
Vielleicht fürchtete er, ich würde ihn verlassen? Das wäre die beste Erklärung. Hatte ihn schlichte menschliche Angst geleitet? Die Angst vor dem Alleinsein? Weil ich ihn kannte, wußte ich, daß es so nicht war. Er hätte das für kleinlich gehalten. Es mußte einen anderen Grund geben. Einmal hatte man uns doch schon getrennt. Er hätte mich nicht abzuholen brauchen. Es hätte gereicht, sich zu verweigern, zu schreiben oder sogar einfach an der Tür des Kinderheims zu sagen:
›Ich bin gekommen, um dich abzuholen, aber ich bin nicht dein wirklicher Vater.‹
Damals hätte ich das akzeptiert, denn das Wichtigste war für mich, daß er gekommen war.
Er wurde zu Beginn des Jahres 1949 verhaftet.«

Aus dem Tagebuch von Witold Łazarski
Z. versprach mir, daß ich mich spätestens in einer Woche dieser Sorge entledigen könnte. Jemand würde die Sendung abholen. Man kann sagen, daß sie mir während dieser zwei Monate zur Last geworden ist. Vor allem dieser nicht endenwollende Durchfall, der sie auszehrt. Z. bringt irgendwelche Medikamente, einen Arzt hinzuzuziehen kommt vorläufig nicht in Frage. Es besteht die Befürchtung, daß die kleine Jüdin endlich aufhört zu leben. Dieses hartnäckige Leben glimmt weiter. Dank der Salbe, die Z. aufgetrieben hat, ist ein Teil der Geschwüre schon zugeheilt. Die ganze Zeit hat sie noch keinen Ton von sich gegeben, ihre nackten Augen in dem erschreckend großen Kopf sind auf einen Punkt fixiert. Es ist schwer zu sagen, was sich in diesem Kind abspielt. Seine

Passivität ist vollkommen. Leider hat es sich, vielleicht infolge schlechter Pflege, auf dem Rücken wundgelegen. Das vervollständigt das Bild des Martyriums.
Z. ist wahrlich ein sonderbares Exemplar von einem Menschen. In all den Monaten, die wir das Kind versorgen, bin ich bei ihm nicht auf eine einzige wärmere Gefühlsregung gestoßen oder wenigstens auf Mitleid. Er geht die Sache wissenschaftlich an. Er schaut sich den elenden, kleinen Körper an und bemerkt: »Links ist es schon besser, kein Eiter mehr. Ja, ja, eine deutliche Besserung.« Vor kurzem hat er sich etwas gegen den Druckbrand ausgedacht: Das Kind muß getragen werden. Wir tragen es also stundenlang. Im Wechsel, selbst nachts.
(Anmerkung von Anna Łazarska:) »Beim Lesen dachte ich, daß ich den Menschen finden muß, der sich diesem Häufchen Elend, das ich war, wie einem wissenschaftlichen Problem genähert hatte. Mitleid hätte mich viel mehr erniedrigt. Das verstand dieser Mensch nicht, mit dem ich mein ganzes Leben unter einem Dach gewohnt habe. Ich habe ihm nie gesagt, daß ich während der Jahre unserer Trennung nie als erste gesprochen, sondern nur auf Fragen geantwortet habe. Im Kinderheim galt ich als schwierig, dabei wartete ich nur.«

Aus dem Tagebuch von Witold Łazarski
Die politische Naivität von Z. ist beispiellos; das ist um so trauriger, als hinter ihm doch die wichtigste Volkskraft steht. Ich möchte diese Leute warnen, daß sie ihre Aufmerksamkeit viel eher nach Osten richten sollten. Das wurde offenbar, als die rote Lava in Bewegung kam. Der 22. Juni ist für uns Polen ein sehr bedeutendes Datum. Diesmal werden die Deutschen geschlagen, zum Jahresende 1943 ist das offensichtlicher denn je.
Zum erstenmal seit Kriegsausbruch griff ich zu Goethes Gedichten im Original. Es ist erstaunlich, wie sich Sprache ändern kann; wie sehr unterscheidet sie sich von der, die man vor dem Fenster hört, auf der Straße.

Es kam eine amtliche Postkarte von Irena, von dort. Sie grüßt, wünscht Glück und Frieden. Glück und Frieden – was für ein paradoxer Wunsch in diesen Zeiten!
Die kleine Jüdin bereitete uns eine Überraschung – sie ist älter, als wir dachten. Sie hat schon ein paar Zähne und macht Fortschritte, wenn sie stundenlang durch die Wohnung krabbelt. Eines hat sich nicht geändert: Sie gibt keinen Laut von sich. Sie bewegt jetzt ihre Augen, die, so wage ich zu behaupten, kommunikativ geworden sind. Z. und ich stellten Versuche an, wobei wir plötzlich einen Gegenstand fallen ließen. Sie zieht ihren Kopf ein, was darauf hindeutet, daß sie nicht taubstumm ist. Seit kurzem scheint sie sogar die Schritte von Z. auf der Treppe zu erkennen. Vielleicht versteht sie, daß so ihre Milch kommt.
Als wir mit dem Durchfall und den Geschwüren nicht mehr fertig wurden, entschied Z., daß wir die Patientin einem Arzt zeigen müßten. Wir wagten nicht, ihn hierher zu führen, das Kind mußte nach Mokotów gebracht werden. Wir nahmen dazu einen Wäschekorb, den Korb transportierten wir auf einer Rikscha. Es war ein kalter Tag, und mir kamen ernste Zweifel am Sinn unseres Plans. Bei einem derart geschwächten Organismus konnte eine solche Spazierfahrt zu einer Lungenentzündung führen. Aber irgendwie passierte dann doch nichts. Der Doktor stellte fest, daß das Kind zurückgeblieben und nie gestillt worden sei.
»Haben die Frauen im Ghetto ihre Kinder nicht gestillt?« wunderte sich Z. »Ich habe gehört, daß das besonders aufopferungsvolle Mütter sind. Es heißt doch sogar: Wie eine jüdische Mutter...«
»Den Müttern im Ghetto ist die Milch versiegt«, erwiderte der Doktor, und die Art, wie er das sagte, erklärte, warum Z. gerade auf ihn verfallen war.
Er verschrieb Vitamine – Kleinigkeit! Er riet auch dazu, die Milch stärker zu verdünnen. Offensichtlich haben wir ein falsches Mischungsverhältnis gebraucht, und sie war immer zu fett gewesen. Warum sie nicht spricht, dazu konnte er nichts sagen.

Tonbandaufnahme
Anna Łazarska Zuerst war der Spiegel, ich schaute mir das Gesicht an, das meines und doch nicht meines war. Danach zog ich die Mappe mit den Kritiken heraus. Mein Vormund hatte sie säuberlich geordnet und jede auf eine extra Seite geklebt. Über mich hieß es da »Łazarska, eine hervorragende Künstlerin«, »Das Genie der Hände Łazarskas«... Ich las das alles mit einem gewissen Befremden.
Ich Weil Sie gerade erfahren hatten, daß Sie jemand anderes sind? Letztlich war das doch nur eine Frage des Namens.
Anna Ł. Das war keine Frage des Namens, das war eine Frage des Blutes.
Ich So viele Jahre haben Sie es nicht gespürt. Warum sollte die Schublade das plötzlich ändern. Da lagen doch nur vollgeschriebene Blätter.
Anna Ł. Nein, da lag mein wahres Leben.
Ich So dachten Sie unter dem Eindruck des Schocks, danach änderte sich das.
Anna Ł. Danach änderte sich das, doch gegen meinen Willen. Ich wollte die sein, die ich eigentlich sein müßte.
Ich Das heißt wer?
Anna Ł. Die Tochter meines wirklichen Vaters.
Ich Samuel Zarg?
Anna Ł. Ja, die Tochter von Samuel Zarg.
Ich Woher haben Sie die Gewißheit, daß das Stückchen Papier aus einer jüdischen Zeitung Ihre Geburtsurkunde ist? Das war nur die Rezension eines Konzerts im Ghetto; das Fragment einer Rezension und der Name des Geigers und seiner neunjährigen Tochter, die mit ihm auftrat.
Anna Ł. Ja, da ging es um meine mittlere Schwester, Chaja.
Ich Ein Zeitungsfetzen in einer Jackentasche, ist das nicht ein zweifelhaftes Dokument? Wäre es da nicht besser gewesen, einen Zettel mit dem Nachnamen, dem Vornamen und dem Geburtsdatum reinzustecken?
Anna Ł. Mein Vater hielt das vielleicht für gefährlich.
Ich Die Nähe der Mauer konnte keine Zweifel darüber aufkommen lassen, was Sie sind.

Anna Ł. Ein Kind ohne Namen ist jedenfalls anonymer.
Ich Wer den Mut hat, sich nach so einem Kind zu bücken, nimmt es ohne Rücksicht darauf, ob es anonym ist oder nicht.
Anna Ł. Ich kann schlecht den Gedankengang meiner Eltern rekonstruieren. Schließlich konnten sie nur auf ein Wunder hoffen. Aber geschehen denn Wunder?
Ich Offensichtlich ja, denn ich unterhalte mich jetzt mit Ihnen.
Anna Ł. Aber sie sollten nie davon erfahren.
Ich Offensichtlich liebten Sie sie mehr als sich selbst.
Anna Ł. Gibt man ein Kind aus Liebe weg?
Ich Man rettet ihm das Leben.

Fortsetzung der Umfrage zum Thema »Generationen«
Wie schon erwähnt, hatte ich weder 1968 noch viele Jahre später jemals das Gefühl der Zugehörigkeit zu einer bestimmten Generation, insbesondere nicht zu der Generation, deren hervorstechendes Merkmal die März-Ereignisse waren (obwohl ich der Haltung der Studenten, meiner Kommilitonen und Freunde, die sich bei diesen Ereignissen engagierten, Sympathie entgegenbrachte).
Im Jahre 1980 wurden meine gesellschaftlichen Erfahrungen wesentlich bereichert. Ich lernte die Menschen besser kennen, ich lernte die Polen besser kennen. Ich war dabei, als der Papst auf den Siegesplatz kam, ich nahm als Helfer der »Solidarność« am Umzug teil, dem am Verkehrskreisel auf der Marzsałkowska-Straße der Weg versperrt wurde.

Aus den Aufzeichnungen von Anna Łazarska
Meine heftige Reaktion auf die »Solidarność« kam vielleicht daher, daß ich Lust hatte, mich endlich meinem Vater entgegenzustellen. Seine passive Haltung gegenüber allen Ereignissen in Polen hat mich immer etwas enttäuscht, und doch habe ich mich nicht gewehrt, sondern mich abseits gehalten. Tief im Innern nahm ich ihm das übel. Schon als Kind. Ich brüstete mich mit meinem Heldenvater, der für seine Ideale im Gefängnis saß. Ich erinnere mich an so eine Szene im Kinder-

heim. Meine Mitbewohnerin hatte von ihrem Onkel aus Mińsk-Mazowiecki Besuch bekommen. Ein richtiger Onkel mit einem Pelzmantel und Filzstiefeln. Er schaute uns an, und sein Blick blieb auf mir, die ich am nächsten bei seiner Nichte stand, ruhen.

»Was gibst du dich mit dieser Jüdin ab«, sagte er – wodurch er zum Propheten im eigenen Land wurde.

»Onkel, das ist das Kind eines Rechtsanwalts«, protestierte das Mädchen. »Ihr Papa sitzt.«

Bei der Erwähnung des Gefängnisses hellte sich das Gesicht des Onkels auf, und um seine Dummheit wieder gutzumachen, schenkte er mir ein Bonbon.

Mein Vater belehrte mich im übrigen schnell eines besseren.

»Ich kam durch einen Zufall ins Gefängnis«, sagte er, »sie hatten mich mit jemandem verwechselt«.

Damit nahm er mir den Grund, auf seine patriotische Vergangenheit stolz zu sein. Seine Reserve gegenüber nationalen Angelegenheiten brachte mich um viele emotionale Höhenflüge von Rührung und Ergriffenheit. Ich vertraute ihm zu sehr, als daß ich sein Urteil in Frage gestellt hätte. Er hatte länger als ich gelebt, wußte mehr und verstand es, sich ein Urteil zu bilden. Das waren Argumente, die man nicht entkräften konnte. Außerdem unterhielten wir uns so selten miteinander, daß es für mich fast schon einem Ereignis gleichkam, wenn er einmal den Mund aufmachte. Ich erinnere mich genau, was er bei einem Gespräch über eine Waffensammlung, die einmal Großvater gehört hatte, sagte. Ein Teil von ihr ist erhalten geblieben. Sie schmückt eine Wand im Arbeitszimmer meines Vaters.

»Das Säbelschwingen ist eine polnische Spezialität; Großvater hat es aber so weit getrieben, daß er sich gleich ein ganzes Dutzend zulegte, ach, was sage ich: zwei, drei Dutzend...«

Das war natürlich ein Scherz. Heute weiß ich, daß mein Vater in vielem recht hatte, aber um etwas hat er mich eben doch gebracht.

Es gab so einen Moment, da das Kräfteverhältnis zwischen

uns stark ins Wanken geriet. Das war während der Zeit, als mein Mann bei uns wohnte. Ehrlich gesagt heiratete ich ihn, weil er besser Ski fahren konnte als mein Vater, vielleicht war er auch einfach jünger. Sein gesundes Selbstbewußtsein sprach mich an. Ich fühlte mich bei ihm wohl, sein Gesicht hatte etwas Optimistisches. Außer seiner Skifahrerei hatte er auch wissenschaftliche Erfolge vorzuweisen, er war der jüngste Doktor der Physik in Polen. Doch irgendwie imponierte das meinem Vater nicht. Für ihn galt nur eine humanistische Bildung etwas. Von meinem Mann sprach er nur als »dem Skifahrer«, und wenn er einen Anflug guter Laune hatte, als »dem Physiker«. Für ihn hatte mein Mann keinen Namen.

»War der Skifahrer schon im Badezimmer? Ist der Physiker schon gegangen?«

Als ich ihm von unserer Scheidung erzählte, sagte er nichts, aber einige Zeit später sprach er den einen Satz, der meine Ehe zusammenfaßte:

»Ski fährt man zwei Wochen im Jahr.«

Er war meinem Mann gegenüber ungerecht. Ihn irritierten dessen Optimismus und Tatendrang. Der Spruch »Hauptsache vorwärts« trieb meinen Vater zur Weißglut. Er ließ es sich nicht anmerken, dafür war er zu gut erzogen, aber ich wußte es.

Ich beging einen Fehler, als ich meinen frisch geehelichten Mann ins Haus meines Vaters brachte. Es wäre besser gewesen, etwas anzumieten oder in eine andere Stadt zu ziehen. Aber dazu hätte ich das Netz zertrennen müssen, in dem ich seit meiner frühesten Kindheit hing. Mein Vater wollte mich nicht aus ihm herauslassen. Die Oberstufe des Gymnasiums besuchte ich schon in Warschau, damit ich keine Schwierigkeiten mit dem Zugang zum Studium haben würde. Ich wohnte nur ein paar Monate allein, mein Vater kümmerte sich derweil um den Umzug. Er hatte Einblick in alles, er kontrollierte meine Kurse, er prüfte, ob ich keine Zeit verschwenden würde. Wo er einmal die Rolle eines Vaters angenommen hatte, wollte er darin der Beste sein. Er zeigte sich sehr interessiert und besorgt um mich, doch unser Haus war kalt. Im gefühlsmäßigen Sinne. Wir lernten nicht, uns nach außen sichtbar zu lieben, unsere Gefühle blieben tief verborgen. Bei meinem Mann saßen die Gefühle unter der Haut, sie äußerten sich durch den Mund, durch jede Bewegung, durch Blicke. Diese Konfrontation konnte nur schlecht ausgehen. Einer mußte verlieren. Es verlor der, der allein war. Er rannte mit dem Koffer aus dem Haus, und ich schluckte meine Tränen hinunter. Zum Abendessen kam ich, als wäre nichts geschehen. Mit diesem gleichgültigen Gesichtsausdruck, der in unserem Haus so willkommen war.

Aus dem Tagebuch von Witold Łazarski
Welche Gewißheit können wir in diesen Zeiten darüber haben, was wirklich gut ist und was schlecht? Was soll der Maßstab sein? Bis zu welcher Grenze bleibt der Mensch ehrlich, und wann überschreitet er sie? Was ist Selbstschutz, und wo hört dieser auf? Fragen, auf die ich immer noch keine Antwort weiß.
Z. meint, daß ein Jude, der an unsere Tür klopft, moralisch dazu kein Recht hat. Indem er sich selbst retten will, bringt er eine ganze polnische Familie in Gefahr. Dem könnte man zustimmen, doch vorher müßte man zugeben, daß wir aufgehört haben, ein zivilisiertes Volk zu sein.
Das Gesicht von Irena, meiner Frau. Ich hätte gedacht, es ließe sich nicht auslöschen. Zwanzig Jahre gemeinsamen Lebens! Und doch beginnt es zu verblassen.

Tonbandaufzeichnung
Anna Łazarska Ich konnte das Stückchen Zeitungspapier nicht lesen, ich konnte kein Jiddisch. Ich fand einen alten Schriftsteller, der seine Bücher in dieser Sprache schrieb. Er hat schon ein gutes Dutzend geschrieben, aber kein einziges veröffentlicht. Für wen auch? Wie Sie wissen, gibt es in Polen keine Juden mehr... Bevor ich noch den Mund aufmachen konnte, sagte er: »Komm rein, Miriam.« Er redete mich mit dem Vornamen an, und ich hatte das Bedürfnis, wegzurennen. Panik, wissen Sie, zusammengeschnürte Kehle, weiche Knie. Der alte Mann mit dem Käppchen, den grauen Schläfenlocken und dem langen Bart nahm mich am Arm und

führte mich zu einem schon ziemlich abgewetzten Sessel, an Möbeln gab es sonst nur noch ein kleines Sofa und lauter Bücher. Er setzte mich in den Sessel und nahm selbst auf dem Sofa Platz. »Du bist die Tochter von Samuel Zarg, dem jüdischen Künstler, den die Welt vergessen hat«, sagte er. »Du trägst einen fremden Namen, doch bist du seine Tochter, du spielst auf seiner Geige.« Ich wollte protestieren, widersprechen. Er schüttelte den Kopf: »Das ist die Geige deines Vaters«, sagte er noch einmal. Später verstand ich, was er gemeint hatte.

Ich Hat er etwas von der Unterschiebung des Kindes gesagt?

Anna Ł. Ja. An dem Tag, als meine Eltern den Entschluß dazu faßten, war er bei ihnen zu Hause gewesen. Meine Mutter weinte, mein Vater schrie sie an. Meine zwei Schwestern waren schon aus dem Ghetto gebracht worden, mich wollte niemand, weil ich zu klein war...

Aus dem Tagebuch von Witold Łazarski

Die Diskussionen mit Z. führen jedesmal zu einer Katastrophe, einer von uns muß sich immer in seiner Ehre verletzt fühlen. Besonders enervierend ist seine Selbstsicherheit. Er glaubt, alles zu wissen, dabei weiß er nichts. Dieser patriotische Ausweis von ihm! Mein Gott, wieviel sind davon schon ausgestellt worden und auf welche Namen!

Gestern zum Beispiel fing er damit an, wie das Nachkriegspolen aussehen solle. Eben ohne Juden.

»Ich befürworte nicht, was sich jetzt abspielt, doch irgendwo erleichtert es unsere Situation.«

»Was Sie da sagen, ist unwürdig.«

»Ich versichere Ihnen, daß viele so denken, nur halten sie es nicht für angebracht, sich dazu zu bekennen. Ich schätze den Mut der Kossak-Szczucka, die nicht gezögert hat, zuzugeben, daß die Juden die politischen, wirtschaftlichen und ideologischen Feinde Polens sind.«

»Sie hat immerhin zugegeben, daß die Saat des Verbrechens giftig ist.«

»Nehmen Sie doch das, was sich im Osten abgespielt hat«,

fuhr Z. fort. »Wer hat die Rote Armee mit offenen Armen empfangen?«

»Der, dem es vorher schlecht ging.«

»Sagen wir es anders: wer sich dem alten Staat nicht verbunden gefühlt hat.«

»Ich bitte Sie, zufällig war ich auf der Sitzung des Sejm am 1. September dabei« – ich glaube, ich hob meine Stimme. »Die Situation war tragisch, alle waren sich darüber im klaren, und sie erklärten ihren Willen zum Kampf. Der ukrainische Abgeordnete erhob sich – Bravorufe und Vivat; der jüdische Abgeordnete stand auf – Stille. Und was für eine Stille, Totenstille. Der Saal war die reine Feindschaft.«

»Nun gut, ja…, aber was hätten die gemacht, wenn sie einen Sejm gehabt hätten? Sie haben uns immer gehaßt. Und jetzt hassen sie uns mehr als die Deutschen, obwohl doch die Deutschen sie nach Auschwitz verschicken. Für sie waren wir immer die Gois, die Fremden. Fremde im eigenen Land, ist das nicht paradox? Hier schreien alle: ›Arme, ermordete Juden!‹ Und wir, werden wir nicht gemordet?«

»Hätten alle geschrien, wäre die Situation eine andere. Was hat die Welt zu der Ausrottung des Warschauer Ghettos gesagt? Dasselbe wie zum Angriff Hitlers auf Polen, ein paar Beileidskarten aus gegebenem Anlaß zur Beruhigung des eigenen Gewissens. Wir sitzen mit den Juden auf einem Gaul.«

»Nur daß es ihrem Gaul immer irgendwie besser ging, vielleicht vom gestohlenen Hafer.«

»Was wollen Sie damit sagen?« empörte ich mich, »daß die Juden der Typhus sind, Läuse und jetzt auch noch Verbrecher? Sie sind empfänglich für die plakative Propaganda.«

»Es gibt verschiedene Formen des Diebstahls, sie wollten uns unser Land stehlen.«

»Vielleicht wollten sie sich aber auch nur heimisch fühlen. Da wir sie einmal eingeladen haben, seien wir nun auch gastfreundlich bis zum Ende.«

»Bis zu welchem Ende? Drücken Sie sich bitte klarer aus.«

»Vielleicht bis zum gemeinsamen. Ihr rühmt euch, daß es bei uns keine Kollaborationsregierung gibt. Es gibt keine, weil den Deutschen daran nicht liegt. Doch Kollaborateure, das versichere ich Ihnen, gibt es im Verhältnis genauso viele wie in den anderen besetzten Ländern. Wir sind als nächste an der Reihe. Den Verurteilten schenkt man die geringste Beachtung. Mit Frankreich oder meinetwegen mit so einem Bulgarien ist es etwas anderes, mit denen haben die Deutschen noch Pläne. Mit uns haben sie nur noch eines vor: die Ausrottung.«

Z. bekam einen Hustenanfall, er griff nach seinem Taschentuch und wischte sich die tränenden Augen.

»Nicht wir haben diesen Krieg begonnen«, sagte er, »doch wenn wir ihn gewinnen, wollen wir endlich für uns alleine sein.«

»Sie sind ein Träumer, die Polen waren nie unter sich – eine fatale Lage am Kreuzweg Europas. Sind Sie wirklich nicht imstande, daraus Schlüsse zu ziehen? Dieses Volk wurde schon immer vergewaltigt.«

»Dieses Mal haben wir dem Westen gezeigt, wie hartnäckig unser Widerstandsgeist ist. Dieses Mal war es keine wirkliche Niederlage. Die Heimatarmee...«

»Hören Sie doch auf«, unterbrach ich ihn, »Sie machen sich lächerlich.«

»Sie sind es, der sich hier lächerlich macht, Monsieur Łazarski«, sagte Z. eisig. »Sie waren uns nie gewogen. Aber wir haben das letzte Wort noch nicht gesprochen.«

»Ich fürchte, daß nicht ihr es sagen werdet.«

Z. lief rot an.

»Ich finde Ihre Haltung seit langem widerwärtig, Sie säen Defätismus und Zweifel, das... das ist ein Verbrechen... in Kriegszeiten wird man dafür an die Wand gestellt.«

»Tun Sie sich keinen Zwang an.«

Z. machte auf dem Absatz kehrt und verließ das Zimmer. Er tat mir leid, ein bedauernswerter General nicht vorhandener Armeen und nicht vorhandener Siege. Ihm, genauso wie allen anderen, schadete die Lektüre unserer romantischen Dichter. Diese Träume von Macht und Stärke, wie polnisch sie doch sind...

Tonbandaufzeichnung

Ich Wissen Sie, daß ich in einem Ihrer Konzerte war? Jetzt habe ich Sie nicht gleich erkannt, ich hatte Sie größer in Erinnerung...

Anna Łazarska Mein Vormund hat das vorausgesehen. In seinen Notizen nennt er als Grund, mich auf die Musikschule zu schicken, die geringen äußerlichen Voraussetzungen. Gleich habe ich das Fragment...

Aus dem Tagebuch von Witold Łazarski

Na gut, jetzt ist die kleine Jüdin also vierzehn geworden. Man sieht schon, daß aus dem häßlichen Entlein kein Schwan wird. Ich habe beschlossen, da ein bißchen nachzuhelfen. Seit ein paar Monaten bekommt sie Musikstunden, ich glaube, das ist ein Hobby, das die Empfindsamkeit entwickelt. Die Lehrerin ist zufrieden, wie es bei der Betroffenen selbst aussieht, ist schwer zu sagen, wie immer hat sie eine undurchdringliche Miene. An einen Wegzug aus K. müßte auch gedacht werden. Irgendein traditionsreiches Gymnasium wäre gut, und das gibt es hier nicht.

Tonbandaufzeichnung

Ich Sie haben das Konzert für Geige in B-Dur von Mozart sehr schön gespielt, ich hatte das Gefühl, einer großen Künstlerin zuzuhören... Ich weiß nicht, warum ich mir Ihren Namen nicht gemerkt habe...

Anna Łazarska Nur wenige erinnern sich an ihn. Als Solistin trete ich selten auf, oder genauer erst seit kurzem, vorher spielte ich im Orchester. Der Wettbewerb in Wien hat viel verändert.

Ich Der zweite Preis.

Anna Ł. Ja. Den ersten gewann ein Amerikaner, und er war wirklich der beste... Der alte Schriftsteller hat mir gesagt, daß ich eine Schwester in Amerika habe. Sie hat einen Millionär geheiratet, sie haben zwei Kinder und einen Privatjet. Für mich klang das ziemlich phantastisch... Die andere Schwester hat den Krieg nicht überlebt, so wie meine Eltern auch. An Verwandten habe ich noch irgendwelche zwei Onkel in

Israel und eine Tante väterlicherseits, die in einer kleinen Wohnung in der Chłodna-Straße wohnt... Vor dem Weggehen gab er mir ein Buch; es war ein hebräisches Gebetbuch. Darin stand die Widmung »Meinem Töchterchen Miriam, damit sie nie ihr Volk vergessen möge«. Ganze vierzig Jahre lang war ich nicht in der Lage, dieser Widmung zu folgen, so wie es sich mein Vater gewünscht hatte, ich dachte an ein anderes Volk...

Aus dem Tagebuch von Witold Łazarski

Gestern kam endlich die Frau, mit der wir uns verabredet hatten. Ich führte sie ins Zimmer, wo auf dem Boden die kleine Jüdin saß. Sie spielte mit einem Fetzen weißen Papiers. Stundenlang ist sie damit beschäftigt, das Papier anzuschauen. Sie weiß schon, daß sie es nicht essen darf, einmal hat sie es probiert und dann aufgegeben. Man muß zugeben, daß sie in dieser Hinsicht wenig Mühe macht, sie genügt sich selbst.

Ich zeigte sie der Frau nicht ohne Stolz. Leider konnte sie unsere Anstrengungen nicht so ganz würdigen, da sie nicht gesehen hatte, was vorher war. Sie machte ein langes Gesicht.

»Ist das das Kind?« fragte sie langsam.

»Es ist schon fast zwei Jahre alt, meint jedenfalls der Arzt...«

»Es hat keine Haare...«

»Das ist hier kein Schönheitswettbewerb.«

»Verstehen Sie bitte, diese Leute sind kinderlos, sie hätten gerne ein hübsches Töchterchen...«

»Ist es leichter, jemanden zu retten, der ein bißchen weniger häßlich ist?« dachte ich. »Für den Herrgott ist der Wert der Tat derselbe, also seien wir christlich bis zum Schluß.« Leider verstand das weder dieses Fräulein, noch kamen die Wohltäter der kleinen Jüdin.

Abends kam Z.

»Erledigt?« fragte er von der Tür her.

»Leider nein«, erwiderte ich.

»Aber wir hatten doch alles geregelt.«

»Außer einem.«
Z. wunderte sich von neuem.
»Das Kind ist gesund und sieht normal aus.«
»Mir muß man das nicht erklären«, entgegnete ich.

Tonbandaufzeichnung

Anna Łazarska Die Schwester aus Amerika und der alte Schriftsteller schreiben sich regelmäßig. Ich bat ihn, sie von meiner Existenz in Kenntnis zu setzen. Selbst hatte ich nicht den Mut dazu. Ich wußte auch nicht so recht, was ich hätte schreiben sollen. Wie sollte ich sie anreden und mit welchem Namen unterschreiben. Doch nicht mit Miriam... Ich wollte lieber auf einen Brief von ihr warten. Hätte ich nur die Spur einer Ahnung gehabt, wie sie sein würde, hätte ich es gewußt, ich hätte sie um einen Aufschub gebeten, um Zeit, mich in das neue Leben einzugewöhnen. Schließlich war ich in ihm doch noch ein Säugling, ich konnte noch nicht gehen. Dort an der Mauer war ich gerade ein Jahr alt gewesen...

Ich Ein Kleinkind also.

Anna Ł. Ein Jahr und einen Monat lebte ich mein echtes Leben. Und ich erinnere mich an nichts.

Ich Niemand erinnert sich.

Anna Ł. Aber ich müßte es. Das Gesicht meines Vaters, meiner Mutter... sie müßten eigentlich irgendwo in mir sein, irgendein Schatten einer Erinnerung an sie... Ich bat meine Schwester um Fotos von ihnen, sie schrieb mir, sie würde sie mir an Ort und Stelle zeigen. Sie besitzt ein paar und hat Angst, daß sie verlorengehen. Sie waren die einzigen Erinnerungsstücke an die Eltern. Im zweiten Brief forderte sie mich auf zu kommen. Der erste war rein informativ.

Ich Schrieb sie polnisch?

Anna Ł. Englisch. Ich habe ihn mir selbst übersetzt. Ich watete durch den Brief wie durch tiefen, mit Blutspuren markierten Schnee. Ich legte Pausen ein. Kochte mir Kaffee, rauchte eine Zigarette nach der anderen. Diese Atempause, wenn ich eine Zigarette aus der Schachtel nahm, dann suchte ich das Feuerzeug... Eines frappierte mich. Da schrieb eine Frau, die schon über fünfzig war, doch für mich war das der

Bericht eines Kindes. Des dreizehnjährigen Mädchens, das sie damals war. Ich hätte annehmen können, daß es an der Übersetzung lag, daß die Veränderung der Sprache den Text so kindlich machte, wäre da nicht der Besuch bei der Tante in der Chłodna-Straße gewesen. Bei ihr bemerkte ich dasselbe. Die Zeit war nicht vergangen, hatte sich nicht verändert. Als ob alles, worüber sie sprach, sich gerade erst ereignet hätte, vor ihren Augen. Ich gab nicht zu erkennen, wer ich war, ich benutzte den Familiennamen meines Vormunds. Ich fragte nach Samuel Zarg, dem einstmals bekannten Virtuosen. Die Tante aus der Chłodna-Straße war dessen einzige überlebende Schwester. Sie war krankhaft fett und bewegungsunfähig, doch erteilte sie vom Bett aus immer noch Klavierunterricht. Eine Zugehfrau kümmerte sich um sie. Meine Schwester schickte Geld, wie ich erfuhr.
Bei der Erwähnung des toten Bruders leuchtete ihr Gesicht auf. »Schmulke war süß«, sagte sie, »wir alle liebten ihn«, und gleich darauf wechselte sie das Thema. Sie fing an, von der allerjüngsten Schwester zu erzählen, die in Mińsk-Mazowiecki umgekommen war. Alle Juden waren aus den Häusern gezerrt worden, man hatte sie auf den Markt getrieben und sie warten lassen. Vom Himmel brannte es glühendheiß herab, aber sie harrten so ohne einen Tropfen Wasser aus. Manche wurden schwach und verloren das Bewußtsein; ein älterer Herr, der Rechtsanwalt Blumberg, legte sich sein Taschentuch auf den kahlen Kopf, doch ein Deutscher befahl ihm, es abzunehmen. Die Luft war erfüllt vom Leid der Menschen und dem Weinen der Kinder. Gegen ein Uhr mittags riß sich Sonja plötzlich los, sie rannte zum Kirchtor und trommelte mit ihren Fäusten dagegen. Ein deutscher Gendarm nahm bedächtig sein Gewehr ab und schoß ihr in den Rücken. Sonja fiel nach hinten, ihr Blut ergoß sich über die Stufen des christlichen Gotteshauses.
Die Tante weint, sie wischt sich mit einem seidenen Spitzentüchlein die Augen, ihr fettes Kinn hüpft rhythmisch auf und ab und von einer Seite zur andern.
»Sie war neunzehn Jahre alt und schön«, sagt sie. »Wie schön war doch unsere Sonja.«

Sie schiebt mir ein kleines Bild in einem kunstvollen Rahmen zu, auf dem ein Mädchen mit Zöpfen vor Lachen die Augen zusammenkneift. Ich weiß nicht, ob sie schön ist. Sie hat das gewöhnliche Gesicht eines kleinen Mädchens, ihre Nase und ihre Wangen scheinen mit Sommersprossen übersät zu sein. Ich schaue ein zweites Bild an, das auf dem Klavier steht. Das bin doch ich auf dem Farbfoto mit zwei Kindern auf dem Schoß. Ich, nur mit so einem müden Lächeln und einer anderen Frisur. Würde die Tante aus der Chłodna-Straße in der Gegenwart leben, hätte sie in mir ihre Nichte erkannt, Ewa und ich waren unserem Vater zum Verwechseln ähnlich. Nur Chaja kam nach der Mutter.
Die Tante sagt:
»Die Sonja war so dickköpfig. Mama bat sie, nicht nach Mińsk zu fahren, aber sie sagte, ich fahre und mache den Alten den Hof sauber. Dort lebten die Großeltern. Der Großvater war Schneider, aber später hat ihm die Arthritis die Hände geraubt... Sonja ist als erste aus unserer Familie gestorben. Die einen sagen, daß sie einen Sonnenstich bekommen hat, die anderen, daß sie der christliche Gott getötet hat.«
»Ein Deutscher hat sie getötet.«
Die Tante aus der Chłodna-Straße nickt schweigend. Und ständig diese Tränen. Auf einmal kann ich sie nicht mehr ertragen. Für mich sind sie wie Wasser, das über das Gesicht einer fremden Frau fließt. Ich stehe auf und verspreche, bald wiederzukommen, doch ich weiß, es ist nicht wahr.

Aus dem Tagebuch von Witold Łazarski
Heiligabend 1943. Z. brachte Geschenke, für mich Pfeifentabak, für die kleine Jüdin Schokolade. Sie packte sie aus der Silberfolie, dann schaute sie Z. an und wartete auf seine Erlaubnis; erst als er freundlich nickte, fing sie an zu essen. Sie aß die ganze Tafel auf, was keine gute Idee war. Bauchschmerzen, Stöhnen.
Ich dachte, unser Festtag ist ihr nicht gut bekommen. Ich sagte das nicht laut, denn das wäre Wasser auf seine Mühle gewesen.
Er nahm sich den Zustand der Kleinen ganz offensichtlich zu

Herzen und lief los, um eine Wärmflasche zu holen. Alles endete dann damit, daß sie Verstopfung bekam.
Es ist schwierig, sich mit dem Kind zu verständigen, denn es ist weiterhin stumm. Was in ihm vorgeht, läßt sich an seinem Mienenspiel ablesen. Die Augen schauen intelligent, es liegt in ihnen eine Nachdenklichkeit und eine Weisheit, die einem so kleinen Wesen eigentlich nicht zukommen. Vielleicht sind das die Jahrhunderte der Verfolgung ihrer Vorfahren oder aber auch das, was sie in ihrem nicht allzu langen Leben durchgemacht hat.
Keinerlei Nachrichten von Irena. Nicht mal die amtliche Postkarte.

Die Łazarska hatte mir den Brief ihrer Schwester nicht gezeigt, ich las ihn erst nach ihrem Tod (ich meine den Brief, den sie als informativ bezeichnet hatte). So wie sie, las ich ihn unter Mühen und legte Pausen ein. Einmal stand ich vom Tisch auf und schenkte mir einen Whiskey ein.
Ich will Ihnen diesen Brief vorstellen, denn ich habe keine Zweifel, daß er veröffentlicht werden sollte. Natürlich mit dem Einverständnis der Autorin. Ein solches Einverständnis habe ich eingeholt.

Liebste Miriam, verlorene und glücklich wiedergefundene Schwester, das war ein großer Tag für mich, als der Brief kam. Zuerst konnte ich es nicht glauben, und danach kamen die Tränen. Mein Mann und die Kinder wissen nicht, was mit mir geschehen ist. Die Tränen fließen selbst im Schlaf. Daß Du lebst, geliebte Schwester!
Ich erinnere mich, wie Du geboren wurdest, ich war damals zwölf Jahre alt. Papa kam aus Mamas Zimmer und sagte: »Jetzt seid ihr zu dritt. Liebt euch, wie ich euch liebe, und fürchtet Gott, wie ich Ihn fürchte.«
Du hattest so kleine Händchen, wir fürchteten uns, sie zu berühren. Aber später hieß es Abschied nehmen, und Mama stand da und hielt Dich auf dem Arm. Unsere Schwester Chaja und ich sollten mit Onkel Simon gehen. Das war so eine lange Reise durch Kanäle, dann nachts ein paar Stunden

in der Stadt und eine Fahrt mit einem Fuhrwerk aufs Land. Ein Bauer sollte uns für Mamas Ring verstecken. Als wir dort ankamen, hatte er es sich anders überlegt. Am Tag davor hatten die Deutschen zwei Familien ermordet, die Juden bei sich versteckt hatten, und die Häuser niedergebrannt. Nur Schutt und Asche waren übriggeblieben. Unser Bauer hatte es mit der Angst zu tun bekommen, er gab den Ring zurück und ließ uns draußen stehen. Der Mann, der uns hingefahren hatte, sagte, er wisse auch nichts. Es sei ausgemacht worden, daß er uns hier abliefern sollte. Er spannte die Pferde an und fuhr weg. Wir blieben allein am Ende der Dorfstraße zurück. In der Ferne schimmerte ein Wald. Wir beschlossen, dort Schutz zu suchen.

Es war Frühling, aber es lag noch Schnee. Chaja bekam nasse Füße, ihre Zähne klapperten. Sie war die Jüngere, also mußte ich die Verantwortung übernehmen. Auch mir war zum Heulen zumute, doch aus Rücksicht auf sie konnte ich es nicht. Ich gab ihr meine Schuhe und ging selbst in Strümpfen. Wir gelangten zu dem Wald und harrten bis zum Morgen aus. Wir fanden ein paar Büsche, ich glaube, es war Wacholder. Wir schmiegten uns eng aneinander und schliefen ein. Wir waren von dem Weg und all den Erlebnissen sehr müde. Chaja fragte mich: »Was meinst du, ob Papa weiß, was mit uns los ist? Daß wir hier in diesem Wald sind...« Was hätte ich ihr sagen sollen? Woher sollte er es wissen? Er war doch im Ghetto geblieben, hinter der Mauer. Wir wachten auf, als es schon hell war. Wir waren durchgefroren und sehr hungrig. Wir mußten uns etwas einfallen lassen. Chaja fing wieder zu weinen an, ich überlegte mir also, in das Dorf zu gehen und für Mamas Ring etwas zum Essen zu kaufen. Ich wollte gehen, aber sie fürchtete sich, allein im Wald zu bleiben. Sie bat mich, sie mitzunehmen. Zu zweit konnten wir nicht gehen, weil wir dann zu sehr aufgefallen wären. Ich begleitete sie bis zum Weg. Sie war noch ganz nah, ein paar Schritte von mir entfernt, als wie aus dem Nichts ein Radfahrer auftauchte. Es war ein deutscher Gendarm. Über der Schulter trug er einen Karabiner.

Ich sah zu, wie er von seinem Fahrrad stieg und zu ihr ging.

Er hatte es überhaupt nicht eilig. Er hob ihr Kinn hoch und fragte: »Jude?« Unsere Schwester erwiderte nichts, sie fing nur leise an zu weinen. Und da riß er ihr die Augen aus. Ich habe das gesehen. Seine gekrümmten Finger, die nachher ganz blutig waren. Sie hat so schrill geschrien, und dann ist sie zusammengesackt. Mit den Händen fuhr sie über die Erde, als suchte sie etwas und könnte es nicht finden. Der Gendarm nahm seinen Karabiner von der Schulter und schoß auf sie. Dann stieg er auf sein Fahrrad. Chaja fiel auf die Seite und bewegte sich nicht.
Ich stand wie angewurzelt da, und alles in mir war wie abgetrennt. Der Kopf, die Beine, die Arme. Ich dachte, das ist meine Schuld, weil ich immer eifersüchtig auf sie gewesen bin. Einmal wünschte ich sogar, sie würde erblinden und keine Noten mehr sehen. Aber dann wurdest Du geboren, und ich dachte, daß wir jetzt zu zweit wären. Und sie. Und daß wir beide uns ganz arg liebhaben werden. Wenn Papa Chaja auf den Schoß nahm, da dachte ich gleich, daß ich Dich habe. Aber jetzt lag Chaja da auf dem Weg.
Ich konnte nicht weinen, ich konnte mich nicht einmal bewegen. Erst ein Geräusch ließ mich auffahren. Ein Fuhrwerk näherte sich. Ich dachte, ich muß weglaufen. Und dann fiel mir noch ein, daß Chaja meine Schuhe und den Ring hatte. Ich rannte hin und sah ihr Gesicht. Die leeren Augenhöhlen. Das geronnene Blut auf ihren Wangen sah aus wie schwarze Bohnen. Ich vergaß alles und rannte los. Ich rannte in den Wald, ich stolperte und fiel immer wieder hin. Schließlich ging mir die Luft aus, und meine Lunge tat mir weh. Ich sank in die Knie und schlief dann wohl ein. Und so wachte ich auf und schlief wieder ein. Ich fühlte mich warm und weich. Von irgendwo weither drang die Stimme unserer Mama zu mir. Mama sagte, das mit Chaja sei nicht wahr, ich hätte es nur geträumt. Da freute ich mich und gelobte, ich würde von nun an gut zu unserer Schwester sein. Ich versuchte mich zu erinnern, was mir am wertvollsten war, um es ihr zu geben, doch es wollte mir nichts einfallen. Das machte mich ganz traurig und böse. Was kann ich Chaja schenken, damit sie mir verzeiht?

Doch das war nicht Mama, das war jemand, der sich über mich beugte und mich auf seinen Arm nahm.

Tonbandaufzeichnung
Anna Łazarska Vielleicht ist das schwer zu verstehen, doch alles, was meine Schwester schrieb, war irgendwie nicht an mich gerichtet.
Ich Sie waren ihre Schwester.
Anna Ł. Ich war nicht die Person, an die sie schrieb. Ich war nicht ihre Familie, ich fühlte nicht wie sie diese Bande.
Ich Das ist verständlich, das braucht Zeit.
Anna Ł. Der Ton des Briefs machte mich verlegen. Das war ein persönliches Geständnis. In den Beziehungen zu meinem Vormund war aber kein Platz für Vertrautheiten gewesen. Wir sprachen im Grunde nie über uns, nur darüber, was um uns herum geschah. Was zu kaufen war, wohin wir gingen. Als ich ihm eröffnete, daß ich vorhätte zu heiraten, machte er ein Gesicht, als wollte er sagen, das sei meine Sache. Er fragte nicht, wer sein zukünftiger Schwiegersohn sei. Er konnte es sich denken.
Ich Hat Sie so eine Situation nicht belastet?
Anna Ł. Mit der Zeit begann ich, diese Distanz zu schätzen. Als Kind hatte ich mich nach Nähe gesehnt. Ich erinnere mich an eine bestimmte Szene kurz vor der Verhaftung meines Vaters. Ich war ungefähr sieben Jahre alt. Ich war groß, zu groß für das, was mir passierte. Er war irgendwohin gegangen, und ich hatte Sehnsucht nach ihm. Ich lief ziellos durch die Wohnung. Schließlich ging ich in sein Zimmer und schlüpfte in sein Bett. Ich wußte, was er davon gehalten hätte; und vor lauter Aufregung passierte dann die Katastrophe. Ein Fleck auf dem Leintuch und eine nasse Matratze. Am liebsten wäre ich gestorben. Ich glaubte, ich würde ihm nie wieder in die Augen schauen können. Zuerst wollte ich von zu Hause fortlaufen, dann versteckte ich mich im Schrank. Ich hörte, wie er heimkam, er suchte mich und fand mich schließlich. Er war nicht einmal besonders wütend, wir aßen zusammen zu Abend – wie immer durch die ganze Tischlänge voneinander getrennt.

Ich Als Erwachsene, brauchten Sie da nicht die Nähe zu einem anderen Menschen?

Anna Ł. Ich bin davon kuriert worden. Das war eine lange, aber erfolgreiche Behandlung. Vielleicht hat meine Ehe deshalb nicht gehalten. Mein Mann warf mir Gefühlskälte vor. Er hatte Unrecht, ich konnte meine Gefühle nur nicht zeigen. Mein Vater und ich wußten, was wir füreinander waren, Erklärungen waren da überflüssig. Aber die Liebe zehrt normalerweise von solchen mehr oder weniger wahren Erklärungen. In unseren Beziehungen konnte eine kleine Geste viel bedeuten. Oder ein scheinbar gleichgültiges Wort. Und dann plötzlich die Schwester. Und ihr Brief. Wenn sie mit allem noch etwas gewartet hätte, wenn sie mir Zeit gelassen hätte, vielleicht... Und dann noch dieser fremde Name, den ich überhaupt nicht mit meiner Person verband. Unabhängig davon, was sich in meinem Inneren abspielte, sah ich mich selbst als Anna. Diese Miriam...

Ich Für Ihre Schwester gab es eine Kontinuität. Für sie waren das kleine Kind, das sie damals verlassen hatte, und Sie dieselbe Person. Um soundso viele Jahre älter, aber dieselbe. Diese Kontinuität gab es bei Ihnen nicht...

Anna Ł. Aus diesem Grunde fing ich an, mich schuldig zu fühlen. Ich fühlte mich schuldig, und folglich war mir in meiner neuen Rolle plötzlich unwohl. Dazu kam, daß meine Geige nicht mein Eigentum sein sollte.

Ich Davon hatte der alte Schriftsteller gesprochen.

Anna Ł. Ja, aber er hatte etwas anderes gemeint. Mich überkam plötzlich das Gefühl, daß ich etwas in Anspruch nahm, das nicht mir gehörte.

Ich Das ist eine Frage des Talents. Die Familie hat damit nichts zu tun.

Anna Ł. Trotzdem, ich sah das anders.

Aus dem Tagebuch von Witold Łazarski

Z. ist darauf verfallen, daß wir zu ihr sprechen müssen. Vielleicht weiß sie nicht, was das gesprochene Wort ist. Unsere Koexistenz verläuft zumeist in Stille. Ich lese, und sie schaut sich ihr Papier an. Meinetwegen, fangen wir an. Ich hole mir den Sessel heran und rede irgendwas, wobei ich die Wörter langsam artikuliere. Ich zeige ihr Gegenstände und benenne sie dabei mit ihrem Namen. Sie spricht mir nicht nach, doch folgt sie mit ihrem Blick.

Z., der diesen Unterrichtsstunden manchmal beiwohnt, ist nicht zufrieden. Eines Tages übernahm er das Kommando. Er setzte sich das Kind auf den Schoß und begann mit ihr ein einziges Wort zu pauken: Lam-pe. Natürlich ohne Erfolg. Er ließ sich nichts anmerken, doch sah ich, daß er enttäuscht war.

Nachdem er gegangen war, badete ich das Kind und brachte es zu Bett, da schaute es mir direkt in die Augen und sagte deutlich: »Lam-pe.«

Und was machte ich? Ich ergriff die Flucht, sorgfältig die Tür hinter mir schließend.

Aus den Aufzeichnungen von Anna Łazarska

Lange brachte ich es nicht fertig, ihm zu sagen, daß ich nicht mehr Jura studierte. Ich versuchte es ein paarmal, doch irgendwann kniff ich dann immer. Schließlich klärte ein Zufall alles auf. Wir begegneten uns auf der Treppe. Er ging hoch, ich war mit meinem Geigenkasten unter dem Arm auf dem Weg nach unten.

»Na so was. Machst du deine Scheine für Jura auf der Geige?« fragte er.

»Ich...«

»Hast du mit dem Studium aufgehört?«

»Nein...«

»Hast du deine Fachrichtung gewechselt?«

»Ja.«

»Sehr gut«, sagte er. Er ging an mir vorbei nach oben.

Ich stand auf der Treppe und hatte die Augen voller Tränen. »Was für ein harter Mensch«, ging es mir durch den Sinn.

Tonbandaufzeichnung

Anna Łazarska Irgendwie, dachte ich, ist es zuviel von mir verlangt, Jüdin zu sein. Ich konnte die Last des ganzen Leidens und Sterbens nicht so einfach auf mich nehmen. Das ist, als ob man jemandem neue Schuhe anzieht und von ihm verlangt, auf den Giewont zu klettern. Wissen Sie, das ist so ein hoher Berg in der Tatra.

Ich Ich war sogar dort. Eine herrliche Aussicht.

Anna Ł. Ich glaube Ihnen aufs Wort, für mich war er immer unerreichbar.

Ich Vielleicht hätte man versuchen sollen, in diesen Schuhen zuerst einmal auf ebenem Grund zu laufen?

Anna Ł. Diese Chance gab man mir nicht. Weder mein Vormund noch meine Schwester gaben sie mir. In mir tauchte der unbestimmte Gedanke an Flucht auf.

Ich Sie haben sich ins Flugzeug gesetzt, um ihr Schicksal aus den Händen Ihrer Schwester entgegenzunehmen? Aber Sie haben Ihre Reise unterbrochen.

Anna Ł. Ich lief damals schon vor meinem früheren Leben davon, in Frankfurt machte ich einen Rückzieher vor dem neuen.

Ich Es sollte kein neues sein, es sollte ein wiedererlangtes sein.

Anna Ł. Es ist doch egal, wie wir es nennen.

Aus den Aufzeichnungen von Anna Łazarska

Mein Vater wurde im Gericht verhaftet. Er hatte gerade einen äußerst verwickelten Fall wegen Körperverletzung gewonnen, dem Angeklagten wurden die Handschellen abgenommen und dem Verteidiger angelegt. Ich war zu der Zeit in der Schule. Als ich nach Hause kam, hielt mich Herr Brzózka in der Toreinfahrt an.

»Dein Papa ist nicht da«, sagte er, »komm zu mir in die Hausmeisterwohnung.«

Er war über alles informiert, wichtige Neuigkeiten verbreiteten sich in so einer Stadt wie K. schnell.

In der Hausmeisterwohnung verlebte ich drei Monate, danach brachte man mich in ein Kinderheim. Es kam so ein Drache von einer Frau mit dicken Brillengläsern, die redete über mich hinweg wie zu jemandem, der hinter mir stehen würde:

»Die Familie deiner Mutter ist an dir nicht besonders interessiert, also müssen wir uns um dich kümmern. Du kannst nicht so allein wie wildes Unkraut aufwachsen.«

»Ich warte auf meinen Papa«, gab ich zurück.

»Genausogut kannst du im Kinderheim auf ihn warten.«

Hier gingen mir die Argumente aus, und das war schade, denn ich hatte mich in der Hausmeisterwohnung sehr wohl gefühlt. Ich war frei und machte, was ich wollte. Tagelang zog ich mit Władek, dem Sohn von Herrn Brzózka, herum. Herr Brzózka war Witwer, seine Frau war ein paar Tage nach Kriegsende von einer Mine zerfetzt worden. Um seinen Sohn kümmerte er sich nicht besonders, er fand eine angenehmere Beschäftigung darin, sich um fremde Angelegenheiten zu kümmern und Wodka zu trinken. Letzteres geschah jeden Abend, in der Küche, an einem mit schmutzigem Geschirr vollgestellten Tisch. Wer hätte es spülen sollen? Władek und ich waren doch beschäftigt. Herr Brzózka trank direkt aus der Flasche und erzählte dabei so allerlei Geschichten. Zum Beispiel die, wie meine Mutter das erste Mal mit meinem Vater nach K. gekommen war.

»Ein Fräulein aus wohlhabendem Haus, da hielten sich die Jungs bereit«, sagte Herr Brzózka weiter, »aber sie bringt so einen Hecht an. Groß war er, aber dünn wie ein Hering. Und außerdem mit einem Studentenkäppi. Sie wollten ihm eine Abreibung verpassen, aber er wußte sich zu wehren.«

»Und zu wievielt waren sie?« fragte ich, neugierig geworden, das waren immerhin unbekannte Einzelheiten aus dem Leben meiner Eltern.

»Na, so fünf, sechs.«

»Und er ist mit ihnen fertig geworden?«

»Klar doch.«

»Dann muß Papa echt stark gewesen sein.«

»Er war mehr als stark, er hatte es hier«, Herr Brzózka tippte sich an die Stirn, »er gebrauchte seine langen Beine.«

»Hat er sie getreten?« fragte ich.

»Er hat sie stehenlassen. Abgehauen ist er!« schloß Herr Brzózka triumphierend.

Sein Sohn Władek war drei Jahre älter als ich und kannte sich aus. Er war es, der mir riet, den Eingang zu den Zellen im

Auge zu behalten, die sich im Keller der Geheimpolizei befanden, wenn ich mich noch von meinem Vater verabschieden wolle, bevor sie ihn von K. wegbrachten. Władek vermutete, daß mein Vater dort sei und daß sie ihn ins Gefängnis überführen würden. Er hatte erfahren, daß die Gefangenen in den frühen Morgenstunden überstellt würden. Ich lag dort also täglich ab fünf auf der Lauer. Władek, obwohl er mein Freund war, ließ sich nicht wachkriegen. Das dauerte ungefähr eine Woche, ich lief schon herum wie mein eigener Schatten, weil ich, um nicht zu verschlafen, die ganzen Nächte über so gut wie überhaupt nicht schlief. Ich erinnere mich, daß es ein Montag war. Am Tag davor hatte ich eine Pause gehabt, also war Sonntag gewesen. Sonntags gab es keine Abtransporte, Władek hatte auch das geprüft.
Zuerst fuhr ein Gefangenenwagen vor, ein schwarzer Kasten mit kleinen, vergitterten Fenstern, kurz darauf führte das Begleitpersonal eine kleine Gruppe von Häftlingen aus dem Gebäude. Ich entdeckte unter ihnen meinen Vater und stürzte wie von Sinnen nach vorn. Das kam so unerwartet, daß es mir gelang, zu ihm durchzukommen. Ich klammerte mich an sein Jackett, er hatte noch seine eigene Kleidung an, und weinend schrie ich: »Papa! Papa!« Als er mich umarmen wollte, sah ich seine Handschellen. Das verursachte einen neuen Schock. Ich stürzte mich auf den Wärter, der versuchte, mich wegzuziehen, und biß ihn in die Hand. Er packte mich wie einen kleinen Hund im Genick und schleuderte mich auf den Gehweg. Ich fiel hin und schlug mir beide Knie auf. Das Blut floß, doch ich merkte es nicht einmal. Ich stand auf und rannte zu dem eigenartigen Zug zurück. Diesmal ließ mich der Wärter erst gar nicht mehr zu meinem Vater durch. Vorsorglich wehrte er mich mit dem Gewehrkolben ab. Ein paarmal bekam ich ihn schmerzlich zu spüren. Ich war aber nicht kleinzukriegen. Wie eine gereizte Wespe ließ ich nicht von ihm ab. Schließlich wurde er wütend und schrie:
»Hau ab oder ich schieße!«
Das machte keinen Eindruck auf mich, vielleicht begriff ich auch nicht ganz, was das bedeutete. Es war nach sechs, die beste Zeit, um die Gefangenen möglichst unbemerkt fortzu-

bringen. Die Geschichte mit mir komplizierte das ein bißchen. Es fanden sich Neugierige ein. Und ich schrie wie am Spieß nach meinem Vater, ich weiß nicht, was in mich gefahren war, daß ich wie tollwütig um mich schlug. Er war entschlossen, dem ein Ende zu machen, vielleicht fürchtete er auch um meine Sicherheit. Außerdem muß ich jämmerlich ausgesehen haben, mit tränenverschmiertem Gesicht und mit aufgeschlagenen Knien.

»Anna! Du kommst zu spät zur Schule!« sagte er streng.

Der Ton seiner Stimme hatte auf mich dieselbe Wirkung wie immer. Ich hörte mit meinen Angriffen auf den Wächter auf, der im selben Moment meinen Vater in den Wagen schob. Nach ihm stiegen die anderen ein.

Ich stand da, ruhig und geschlagen. Hinter einem vergitterten Fensterchen sah ich für einen Moment noch einmal das Gesicht meines Vaters. Das nächste Mal sollte ich es schon nicht mehr als Kind, sondern als heranwachsendes Mädchen sehen.

Der Wagen fuhr los und verschwand hinter einer Kurve. Leute umringten mich und stellten mir irgendwelche Fragen. Ich verstand nicht, was sie zu mir sagten. Ich quetschte mich zwischen ihnen durch und machte mich auf den Heimweg. Erst jetzt spürte ich, wie meine Knie brannten. Herr Brzózka verband sie mir und beschimpfte gleichzeitig Władek.

»So ein Schwachsinn, du Idiot. Da fällt ihm nichts Besseres ein. Und dann mit einem Kind!«

Er merkte nicht, daß Władek doch auch noch ein Kind war, nur vielleicht etwas versierter als ich.

Fortsetzung des Briefes von Ewa Zarg-Seideman

Geliebte Schwester, in diesem Wald fand mich ein Bauer. Ich weiß nicht einmal genau, was er für ein Gesicht hatte, denn immer, wenn ich ihn sah, war es dunkel. Er versteckte mich in einer Kartoffelmiete, hinter so einem Bretterverschlag, wo Wasser stand und niemand von der Familie hinschaute. Sie wußten nicht, daß ich da war. Der Bauer legte Bretter auf die Erde, darauf Säcke, und da schlief ich. Im Winter, wenn die Kartoffeln eingelagert wurden, konnte ich den Verschlag

nicht verlassen, ich war dann abgeschnitten. Er schob mir das Essen an einem Stock herein. Im Sommer erlaubte er mir, nachts herauszukommen. Der Hund bellte, da brachte er ihn in den Wald und erhängte ihn.
Das war ein guter Mensch, manchmal unterhielt er sich mit mir, er sagte, der Krieg sei schon bald zu Ende. Die Deutschen würden verlieren. In einer Sommernacht führte er mich zu einem kleinen See, wo ich mich waschen konnte. Der Mond schien, und das Wasser war so schön im Schein des Lichts. Als ich eintauchte, umfing es mich warm und mild. Ich fühlte mich glücklich. Als ich aus dem herrlichen Wasser stieg und mich anziehen wollte, nahm mich der Bauer an der Hand. Während ich mich wusch, hatte er am Ufer gesessen und eine Zigarette geraucht. Neben sich hatte er seine Peitsche liegen, von der er sich nie trennte. Er nahm mich also an der Hand und sagte, ich solle mich hinsetzen, und dann drückte er mich auf den Rükken. Er befahl mir, die Beine zu spreizen und legte sich auf mich. Das tat sehr weh, was er mit mir machte, aber ich hatte Angst zu schreien, weil ich ihn nicht wütend machen wollte. Dann sagte er, ich solle mich im See waschen und daß wir zurück müßten, denn die Nacht sei hell. Von da an nahm er mich oft mit zum See und machte das mit mir, und als der Herbst kam, blieb er in dem Verschlag, bis alle Kartoffeln eingebracht waren. Dort war wenig Platz, weil er so groß und fett war. Er sagte, es würde auch mir Spaß machen, wenn ich nur aufhörte, mich zu fürchten, aber ich fürchtete mich immer. Und später, im Frühjahr, wurde ich dicker. Der Bauer befühlte meinen Bauch und war sehr beunruhigt. Da ließ er mich dann in Ruhe. Er sagte nur, ich dürfe nicht schreien, egal, was passiere, sonst seien wir beide verloren. Ich habe nicht geschrien, obwohl es mir so wehtat. Mein Körper bog sich nach hinten über, ich stützte mich mit dem Kopf auf. Am Schluß gab es einen Platsch, und ich fiel auf den Rücken. Ich weiß nicht, wie lange ich so dalag. In den Ritzen der Öffnung wurde es hell, als der Bauer kam. Mit einem Klappmesser zerschnitt er etwas, heute weiß ich, daß es die Nabelschnur war. Er wickelte das kleine Etwas in einen Überzieher und ging. Später kam er mit einer Schale Suppe zurück, und das war mein erstes warmes

Essen in dem Verschlag. Du glaubst nicht, wie mir diese Kohlsuppe geschmeckt hat. Der Bauer sagte, das kleine Figürchen sei leblos gewesen und er habe es im Wald vergraben. Ich war plötzlich irgendwie traurig und wollte weinen, aber ich wußte selbst nicht warum.
In der Kartoffelmiete saß ich zwei Jahre. Es war schon Frühling, als mich der Bauer eines Nachts auf die Landstraße führte. Er sagte, der Krieg sei zu Ende und die Leute würden mir jetzt helfen. Ich wollte nicht allein auf der Straße bleiben und rannte ihm nach, obwohl er mich mit seiner Peitsche vertrieb. Der Riemen verursachte mir Schmerzen, aber ich folgte ihm trotzdem. Schließlich wurde der Bauer wütend, er nahm ein Stück Schnur aus seiner Tasche und band mich an einen Baum. Am Morgen fanden mich zwei Frauen.

Tonbandaufzeichnung
Anna Łazarska Musik... sie ist mein Beruf. Manchmal liebe ich ihn, manchmal ist er beschwerlich. Keine Ferien, dauernd Reisen.
Ich Aber nachdem Sie in Wien den Preis gewonnen hatten, fühlten Sie sich glücklich.
Anna Ł. Eher befriedigt. Das Gefühl von Glück ist mir eigentlich fremd. Ich habe es einzig in meiner Kindheit erfahren, und es war immer mit der Person meines Vaters verbunden.
Ich Sie sprechen von Witold Łazarski?
Anna Ł. Ja, ich spreche von ihm.
Ich Sie haben die Beziehung zu ihm anders beschrieben.
Anna Ł. Sie war nie eindeutig, ein durch Schweigen ausgelöstes Mißverständnis zog das nächste nach sich. Ich bewunderte ihn als Mensch, als Mann. Das Gefühl der Achtung und des tiefen Respekts hielt im Grunde genommen bis zu dem Augenblick an, als ich die Schublade öffnete. Für mich war das in doppelter Hinsicht ein Drama: Ich verlor mich selbst, doch gleichzeitig auch ihn. Nicht so, wie Sie denken. Hier ging es trotz allem nicht um die Blutsbande, es war eine Frage des Vertrauens.

Ich Ohne den Grund seines Schweigens zu kennen, ist es schwer, ihn zu verurteilen.
Anna Ł. In seinen Notizen fand ich ein Bibelzitat, das mir viel über die Beziehung meines Vaters zu mir sagte. Fortwährend erwartete er etwas. Jetzt habe ich ihn verlassen, denn er brauchte es, daß ich so etwas machte.

Nach Durchsicht des Tagebuchs von Witold Łazarski fand ich dieses Zitat:
»Und der Herr sprach zu Mose: Ich will noch eine Plage über Pharao und Ägypten kommen lassen; danach wird er euch von hinnen lassen und wird nicht allein alles lassen, sondern euch auch von hinnen treiben. So sag nun vor dem Volk, daß ein jeglicher von seinem Nächsten und eine jegliche von ihrer Nächsten silberne und goldene Gefäße fordere. Und der Herr gab dem Volk Gnade vor den Ägyptern. Und Mose war ein sehr großer Mann in Ägyptenland vor den Knechten Pharaos und vor dem Volk.«
Heute war ein gewisser J. K. in meinem Büro, er fragte um Rat, was er tun solle. Er hatte eine Jüdin versteckt gehabt, die, als sie ging, ein paar Wertgegenstände gestohlen hatte. Die Sachen waren in demselben Versteck wie sie gewesen. Was hätte ich ihm raten sollen?

Tonbandaufzeichnung
Ich Sie sagten, daß Sie einige Zeit in K. gewohnt haben. Das ist eine schwierige Stadt für Juden.
Anna Łazarska Ich denke, daß diese Stadt für alle schwierig ist, für Polen genauso. Was die Ereignisse seinerzeit betrifft, so war ich damals noch klein. An einiges kann ich mich wohl noch erinnern. Irgendwelche Satzfetzen: »und da flogen die zersausten Jüdinnen.« Dieser Satz hat sich irgendwo in mir festgesetzt. Ich glaube, schon im Kinderheim hatte ich einen eigenartigen Traum. Ich träumte von einer Schar schwarzer Gänse, die mit weit ausgebreiteten Flügeln rannten und schrecklich schrien...
Ich Und Sie glauben, daß der Traum etwas mit jenem Satz zu tun hat, den Sie aufgeschnappt hatten?

Anna Ł. Ich bin mir ganz sicher. Und später hat unser Hausmeister, Herr Brzózka, so manche Sachen erzählt, die er mit eigenen Augen gesehen hatte. Er sagte: »Ich schaue, da rennen zwei Juden auf der Straße, der eine mit so einer Drahtbrille und dieser schwarzen Kappe. Ein verschreckter Wicht, da rufe ich: ›Jud, Jud, hier zum Tor‹, aber vermutlich bekamen sie da erst recht Schiß, denn sie rannten, was die Beine hergaben. Na, und da fielen die Leute über sie her, ein feuchter Fleck ist geblieben. Am nächsten Tag fand ich die Brille, sie war heil...«

Ich Was haben Sie damals empfunden?

Anna Ł. Als er das erzählte?

Ich Genau.

Anna Ł. Eigentlich nichts. Ich hatte dazu keinerlei Verhältnis, genauso wenig wie zu seinen Erzählungen über Partisanen und Heldentaten. Das war wie ein fernes Märchen. Das war einfach irgendwie unwirklich. Ich habe Ihnen schon gesagt, daß ich erst im März davon erfuhr, daß es in Polen Juden gibt.

Aus den Aufzeichnungen von Anna Łazarska

Als sich das Problem einstellte, das die Menstruation für jedes junge Mädchen bedeutet, hatte mein Vater ein Gespräch mit mir.

»Es kommt vor«, sagte er, »daß es sich nicht ganz vermeiden läßt und das Leintuch ist dann beschmutzt. Das sollte man nicht weiter schwernehmen.«

Das war unser einziges derart intimes Gespräch. Ich war wie betäubt. »Wie konnte er«, wiederholte ich unaufhörlich. Später verstand ich, wieviel Zartgefühl mein Vater für mich gehabt haben mußte, da er dieses Problem vorausgesehen hatte. Dank seiner Worte war es kein Drama mehr und kein Grund für schlaflose Nächte. Als mir so etwas passierte, verstand ich das.

Aus dem Tagebuch von Witold Łazarski

Es war schwer, sich nach diesem überraschenden Besuch wieder zu fassen. Es war mir keine Zeit geblieben, um die Spuren zu verwischen. Der Gendarm ging durch die Wohnung, ich folgte ihm und spürte, wie mein Blut gefror und meine Knochen erstarrten. Er schaute nicht ins Badezimmer, wo auf einer Schnur die Kindersachen hingen, aber in der Küche interessierte ihn das Milchpulver.

»Englisches Milchpulver«, sagte er und drehte die Dose in der Hand.

»Das ist aus Vorräten von vor dem Krieg«, erwiderte ich, dabei war mir klar, wie sinnlos eine solche Erklärung war, wo er doch sowieso jeden Augenblick ins Zimmer treten würde. Aber das Kind war nicht da. Anfangs vermutete ich, daß es ins Arbeitszimmer gekrochen war, doch auch da trafen wir niemanden an. Ich schloß die Tür hinter dem Gendarm und ging hastig ins Zimmer zurück. Es saß auf dem Boden mit seinem unzertrennlichen Papier im Händchen!

»Wo?« fragte ich verwirrt. Es antwortete mir natürlich nicht.

Z. und ich versuchten es später aufzuklären. Keines der vielleicht denkbaren Verstecke kam in Betracht, das Kind war zu klein, um allein hinzukommen.

»Dieses Volk hat ein außergewöhnliches Talent zu überleben, Sie sehen es selbst«, lautete Zs Kommentar.

Nach diesem Vorfall mit dem Gendarm überlegten wir, wie in Zukunft gegen solche Situationen Vorsorge zu treffen sei.

»Die Kleine wird getauft, auf die Art erhält sie eine Daseinsberechtigung«, entschied Z.

»Dazu braucht sie einen Nachnamen und – Kleinigkeit! – Eltern«, gab ich zurück.

»Die wird sie haben, zumindest einen Vater.«

Ich schaute ihn aufmerksam an.

»Sie denken doch wohl nicht an mich?«

»Genau das tue ich.«

»Niemand kann das von mir verlangen«, empörte ich mich, »wo ich doch... ich wollte doch nie Kinder haben. Ich habe das meiner Frau noch vor der Hochzeit eröffnet.«

»Wer A sagt, muß auch B sagen.«

»Wir haben es beide gesagt.«

»Ich bin ein alter Junggeselle, es wäre schwerer, an meine Va-

terschaft zu glauben. Außerdem ist das doch nur eine Formalität, der Krieg hört auf, und die Angelegenheit läßt sich rückgängig machen. Vielleicht finden sich die richtigen Eltern.«
»Wenn sie nicht im Ghetto verbrannt sind, sind sie durch den Kamin geflogen.«
»Sie unterschätzen den Familiensinn in diesem Volk. Es werden sich zig Tanten und Onkel finden, die das Kind nach Amerika nehmen oder in sonst ein Land, überall ist es doch voll von ihnen.«
»Das ist nicht so einfach, ich brauche Zeit zum Nachdenken«, beendete ich das Gespräch.
Aber Z. handelte schnell. Am nächsten Tag schwenkte er schon in der Tür einen Zettel.
»Was ist das?« fragte ich unwillig.
»Die Taufurkunde der kleinen Anna Łazarska, alles lief reibungslos. Die Taufe ist in den Kirchenbüchern vermerkt und rückdatiert.«
»Warum Anna?« fragte ich und versuchte meine Gedanken zu ordnen.
»Ich gab den ersten weiblichen Namen an, der mir in den Sinn kam. Seien Sie froh, daß es nicht Maria war.«
Sein berühmter Humor und seine berühmten Einfälle.

Brief von Witold Łazarski aus dem Gefängnis an die neunjährige Anna Łazarska

Liebe Anna,
weil unsere Korrespondenz aus objektiven Gründen mit großer Seltenheit stattfindet, verzeih, daß er so zahlreiche Belehrungen enthält.
Der Mensch muß sich darüber klarwerden, wer er wirklich im Leben sein will und was für ihn wichtig ist. Er muß das sehr früh tun. Glaube ihnen nicht, wenn sie Dir sagen, daß das noch Zeit hat, daß Du das später noch schaffst. Wer so denkt, ist entweder dumm oder faul. Mit ersteren werden wir uns nicht abgeben, die letzteren interessieren uns schon mehr, weil Du manchmal zu ihnen gehörst. Wenn Du in den Himmel schaust, mach Dir sofort klar, wozu Du das tust. Lebe nicht gedankenlos! Schau die Natur nicht an, ordne sie Dir

unter. Scheint die Sonne, gehst du spazieren. Regnet es, nimmst du einen Schirm und gehst spazieren. Schnee? Du ziehst dir Galoschen an und gehst raus. Du gehst aus, weil Du nicht am Fenster stehen darfst. Genauso muß es mit Deinem Lernen gehen. Was Du gelernt hast, dient Dir jetzt schon, ist Dir jetzt schon eine Hilfe. Verzichte auf flüchtige Vergnügungen zu Lasten von etwas, das aus Dir einen vollwertigeren Menschen macht. Es genügt nicht zu leben, man muß bewußt leben.

Ich möchte, daß du viel liest. Ich schreibe Dir keine Titel vor, wähle vorläufig selbst. In der Schule und im Kinderheim hast Du eine Bibliothek. Geh dorthin, schließe Freundschaft mit den Büchern. Sie enttäuscht am wenigsten.

Diesmal gebe ich Dir zwanzig neue englische Vokabeln zum Lernen auf, ich lege sie dem Brief bei, bilde daraus zwanzig Sätze, besonders interessiert mich Dein Present Perfect, damit hast Du Schwierigkeiten. Was die Schwierigkeiten mit der Mathematik angehen, so wende Dich an diese Schulkameradin, von der Du mir geschrieben hast. Sie scheint hilfsbereit zu sein. Sie wird es Dir sicher nicht abschlagen, Dir zu helfen. Außerdem paß im Unterricht auf und schäme Dich nicht zu fragen, wenn Du etwas nicht verstehst. Dazu sind die Lehrer da, so lange zu erklären, bis es der Schüler versteht. Fragen in der Schule, das ist Dein Privileg, denke daran. Und paß auf, daß Du keine nassen Füße kriegst. Versuche unbedingt, andere Schuhe zu bekommen. Wende Dich deshalb an Deine Erzieherin, sag ihr, daß Du oft Halsschmerzen bekommst und daß Du deshalb vernünftiges Schuhwerk brauchst. Schreib unbedingt, wie es damit aussieht. Wenn es nicht klappt, werde ich versuchen, von hier aus ans Rote Kreuz zu schreiben.

Wie immer hoffe ich, daß wir uns bald sehen werden.

Witold Łazarski

Antwort von Anna Łazarska, ins Unreine geschrieben und nie abgeschickt, da sie einen Weg fand, die vom Vater aufgegebenen Lektionen nachzuholen und abzuschikken

Papa,

gestern war Heiligabend, und Väterchen Frost verteilte Geschenke. Ich bekam drei versilberte Nüsse, Schokolade und einen Bleistift mit Radiergummi. Er ist weiß und der Radiergummi rosa, und er radiert sehr gut. Der Bleistift ist wirklich wunderschön. Ich trage ihn mit mir, und nachts lege ich ihn unter mein Kopfkissen, damit er mir nicht verlorengeht.

Unsere Erzieherin hat sich das Bein gebrochen, und jetzt haben wir eine neue, so eine nervöse und dicke. Ich wundere mich, weil Herr Brzózka gesagt hat, je dicker jemand ist, desto besser ist sein Charakter. Aber bei ihr ist es umgekehrt. Sie schreit dauernd. Und alles verbietet sie. Ihretwegen konnte ich mein Englisch nicht fertigmachen. Das heißt, ich habe es gemacht, aber sie hat es mir weggenommen und zerrissen. »In unserer Schule wird kein Englisch unterrichtet«, kreischte sie, »schreibst Du an Onkel Sam? Der wird Dir sowieso nicht helfen, Du wirst verhungern, und er wird es nicht einmal merken.« Ich sagte, daß Du mir das aufgegeben hast und daß ich Dich nicht enttäuschen kann. Darauf sagte sie, daß Du mich schon betrogen hättest, weil Du im Gefängnis sitzt. Du siehst selbst, was sie für eine ist. Ich verstand, daß sie mir nicht erlauben würde, diese Sätze wegzuschicken, deshalb tat ich so, als fügte ich mich. Aber ich habe die Aufgaben heimlich gemacht und sie versteckt, um sie morgens in die Schule mitzunehmen. Denn so einen Brief kann ich von hier nicht abschicken, die werden alle gelesen. Und jetzt stell Dir vor, am Morgen stehe ich auf, das heißt, wir alle stehen auf, die Erzieherin kommt ins Zimmer, und meine Kameradin sagt, daß ich etwas unter dem Kopfkissen versteckt hätte. Danach gab es eine Durchsuchung und Geschimpfe. Sie hat mir die Sätze wieder weggenommen und zerrissen. Ich weiß schon nicht mehr, wie ich mein Englisch nachmachen soll. Auf dem Klo kann ich nicht lange sitzen bleiben, gleich wird geklopft, weil sich dort vor kurzem ein Junge erhängt hat.

Neue Schuhe habe ich noch keine, ich hätte welche kriegen sollen, aber unsere Erzieherin ist ausgerutscht, und mit Schuhen ist es jetzt vorbei. Die Dicke besorgt mir keine, weil sie mich nicht ausstehen kann. Und umgekehrt. Dauernd wirft sie mir alles aus meinem Spind auf den Boden. Wegen der Schuhe mach Dir keine solchen Sorgen, weil ich die alten mit Zeitungen ausgelegt habe und sie die Nässe nicht durchlassen. Das hat mir Władek geraten. Er schreibt mir. In jedem Wort macht er einen Fehler, in einem hat er sogar zwei gemacht: Er schrieb »Schtaup«, zuerst wußte ich nicht, was das sein soll, er meinte »Staub«. Aber weißt Du, bevor sie mich ins Kinderheim holten, bin ich mit Władek über den Balkon in unsere Wohnung gestiegen, weil die Türen versiegelt sind. Jemand hat dort eine furchtbare Unordnung gemacht, am allermeisten in Deinem Arbeitszimmer. Alle Schubladen im Schreibtisch waren herausgezogen, und der Boden war voller Papiere. Als ich das sah, weinte ich, aber Władek begann mit dem Aufräumen, und ich half ihm. Wir sammelten alle Deine Dokumente ein und verwahrten sie in den Schubladen. Die große schlossen wir ab, den Schlüssel hat Władek. Ach so, er schrieb noch, daß Herr Brzózka nicht trinken darf, weil ihm die Leber weh tut. Er hatte eine Attacke und ist so erschrokken, daß er keinen Wodka mehr anrührt.
Ich habe Dir als Geschenk zu Weihnachten einen Scherenschnitt geschickt. Ich weiß nicht, ob er im Brief verknittert ist. Eine Kameradin rät mir, Dir geräucherten Speck und Zwiebeln zu schicken, nur habe ich halt kein eigenes Geld. Aber irgendwie wird sich das machen lassen. Ich habe schon mit der Frau in der Küche geredet, sie hat mir ein paar Zwiebeln versprochen. Mit dem geräucherten Speck ist es schwieriger, aber sie kann mir ein bißchen Bauchspeck geben. Ich weiß noch nicht, wie ich das wegschicken soll, aber irgendwie kriege ich das hin. Die andere Frau hätte mir selbst geholfen, aber mit der Dicken fange ich besser erst gar nicht an.

Anna Łazarska

Fortsetzung des Briefs von Ewa Zarg-Seideman

Im Jahre sechsundvierzig habe ich in Begleitung von Tante Sara Polen verlassen. Das ist die jüngste Schwester unserer Mutter. Tante Sara war eine gute Frau, sie konnte nur nicht mehr leben.

Was gibt es da viel über unsere Familie zu sagen. Der Großvater väterlicherseits war ein fahrender Schneider. Er zog mit seinem Pferd von Dorf zu Dorf, auf dem Wagen hatte er eine Nähmaschine der Marke »Singer«. Jeden Herbst verkaufte er sein Pferdchen, um sich im Frühjahr ein neues zu kaufen. Verwandte aus Amerika schickten dafür immer Dollars.

Die Großeltern mütterlicherseits hatten in Wilna ein Restaurant. Großmama kochte selbst. Die Töchter gingen aufs Pensionat. Sie waren alle sehr hübsch. Du erinnerst Dich nicht mehr an unsere Mama, aber sie war von einer so zarten Schönheit. Selbst im Ghetto war sie schön, obwohl sie so abmagerte.

Tante Sara war die Jüngste, sie hatte viele Freundinnen, weil sie sehr witzig und geistreich reden konnte, außerdem hatte sie eine schöne Stimme. Sie sang bei allen festlichen Gelegenheiten und erhielt immer viel Applaus. Aber dann, als die Deutschen kamen, wollten die Freundinnen von Tante Sara nichts mehr wissen. Sie hatten Angst, mit ihr auf der Straße zu sprechen, sie wechselten die Straßenseite, sobald sie sie nur sahen. Sogar Tantes allerbeste Freundin, Natala, die Tochter des Rechtsanwalts K., der gesagt hatte, Tante Sara würde einer ägyptischen Prinzessin gleichen und könnte die Kleopatra im Schultheater spielen.

Alle Schwestern mit Ausnahme unserer Mama, die mit ihrem Mann in Warschau war, landeten im Ghetto. Und im Ghetto vergewaltigte ein Gendarm die Tante, sie war damals siebzehneinhalb Jahre alt. Dann befahl er ihr zu singen, weil er von ihrer schönen Stimme gehört hatte. Aber sie wollte nicht singen, obwohl er ihr mit dem Revolver drohte und ihn sogar über ihrem Ohr abdrückte, wodurch ihr das Trommelfell platzte. Seither ist sie auf einem Ohr taub.

Und dann wurde das Ghetto liquidiert, und die Deutschen befahlen allen, sich nackt auszuziehen und sich am Rand einer

Grube aufzustellen. Doch während die Juden die Grube aushoben, tranken die Deutschen Wodka und schossen nicht mehr so zielsicher. Die Tante und ihre ältere Schwester Mira hielten sich an den Händen und wiederholten einander leise, daß Sterben nicht weh tut, daß es mehr weh tut zu leben. Am meisten fürchtete sich Miriam, die älteste Schwester, nach der du benannt bist. Sie war so verzweifelt, weil sie nicht geheiratet hatte und jetzt keine Kinder mehr haben würde. Viele Juden hatten sich ihr erklärt, aber sie hatte auf ihren Prinzen gewartet. Und jetzt war es zu spät. Die Tante kroch in der Nacht unter den Leichen hervor und schleppte sich zu ihrer Freundin Natala, weil sie niemanden hatte, zu dem sie hätte gehen können. Wie sie ausgesehen haben muß..., sie trug einen blutverschmierten Sack, der neben der Grube gelegen hatte, die Deutschen hatten alle Kleider mitgenommen. Natala ließ sie nicht ein. Sie sagte: »Geh zur Polizei« und schlug die Tür zu. Die Tante floh in den Wald, zu den Partisanen. Sie ging mit ihnen auf Einsatz, einmal sprengte sie sogar einen Zug in die Luft. Als sie später weggingen, versteckten sie die Tante in einem Haus bei den Eltern von Olek, einem Partisanen. Das waren Weißrussen. Die Tante hatte ein Versteck unter dem Küchenboden, darüber wurde die Wiege mit dem Kind gestellt. Das waren gute Menschen, sie liebten die Tante. Aber sie hat ihnen kein Glück gebracht. Kurz vor Ende des Krieges kamen die Deutschen in das Dorf. Die Tante saß eine Woche unter dem Boden, und die Ratten krochen ihr übers Gesicht. Dort war es so eng, daß sie sich nicht rühren konnte. Jemand mußte die Tante verraten haben, denn die SS-Männer kamen und schoben gleich die Wiege weg. »Ihr habt den Teufel unter dem Boden sitzen«, sagte ein Deutscher durch seinen Übersetzer, »und dieser Teufel wird euch mit Feuer verbrennen.« Er zog den Herdring von der Platte, und vor den Augen der Mutter warf er das Kind hinein. Danach ließ er das Haus anzünden. Er erlaubte den Hausbewohnern nicht, hinauszugehen, auf dem Hof standen die deutschen Soldaten mit ihren Maschinengewehren und hatten den Befehl, auf jeden zu schießen, der herauskommen würde. Als das Haus brannte, kamen die Menschen heraus,

nur die Tante blieb drinnen. Das Haus brannte völlig ab, die Deutschen waren schon weg. Da kam sie nach draußen. Schwarz mit versengten Haaren. Die Menschen bekreuzigten sich und sagten, das sei der echte Teufel. Seit der Zeit kann sie niemandem verzeihen, sie haßt alle, selbst ihren guten Mann und ihre Kinder, am meisten aber haßt sie die Polen. Zu Hause durfte nicht mehr Polnisch gesprochen werden. Wenn ich auf polnisch anfing, tat sie so, als würde sie nicht hören. Sie freut sich auch jetzt nicht, daß Du kommst. Sie sagte, daß Du nach diesem Land stinken wirst. So ist Tante Sara. Grausam zu allen, am meisten aber zu sich selbst.
In Amerika lebte ich in einem Zimmer mit Onkel Natan. Das war ein guter, lieber Mensch. Er war der Bruder von Tante Saras Mann und wurde mit dem Leben noch weniger fertig als sie. Tagelang saß er auf dem Bett und weinte. Abends hielt ich seine Hände und erzählte ihm Märchen auf polnisch, so, daß Tante Sara es nicht hören konnte. Am meisten gefiel ihm das Märchen von der Prinzessin auf der Erbse. Er bat mich, es immer wieder zu erzählen, und wunderte sich, daß es so empfindsame Mädchen geben konnte. Er verstand überhaupt nicht, daß das nur eine ausgedachte Geschichte war. Seine war nicht ausgedacht, sondern wahr. Die Deutschen waren gekommen und hatten die ganze Familie von Onkel Natan an die Wand gestellt, und da war Onkel Natan losgerannt. Sie schossen auf ihn, doch keine einzige Kugel traf. Später beschützte ihn der Wald. Aber wozu hat ihn der Wald geschützt, wo er doch für immer dort bei ihnen geblieben ist? Bei den Kindern und seiner Frau. Er weinte immerfort und wiederholte: »Warum bin ich weggerannt...?« Schließlich sagte Tante Sara, Onkel Natan solle gehen und woanders weinen, weil sie das nicht mehr aushalten könne. Da stieg der Onkel in einen Zug und fuhr nach Boston, dort nahm er ein Hotelzimmer, schloß sich darin ein und verhungerte. Ein einziges Mal habe ich Tante Sara weinen sehen, das war auf dem Begräbnis von Onkel Natan. Auf dem Rückweg erzählte mir die Tante ihr Leben. Und da erzählte ich ihr meines.
Ich wollte nicht mehr ausgehen. Ich war traurig, weil ich niemanden mehr hatte, dem ich die Hand halten und dem ich

Märchen erzählen konnte. Einmal ging Tante Sara auf eine Hochzeit, und dort saß sie neben einer reichen Jüdin. Die Tante sagte, daß sie eine Nichte habe, die gerade neunzehn geworden sei. Die reiche Jüdin versprach, daß ihr Sohn mich anrufen würde. Aber er meldete sich lange Zeit nicht. Ich war im Supermarkt, um Einkäufe zu machen, und da höre ich, wie über den Lautsprecher durchgegeben wird, daß ich auf der Stelle nach Hause kommen soll. Ich laufe. Die Tante sagt mir, daß der Sohn der reichen Jüdin angerufen hat und daß er in einer halben Stunde noch einmal anrufen wird. Ja und dann habe ich ihn geheiratet. Ich habe zwei Kinder mit ihm. Einen Sohn Samuel und ein Töchterchen Chaja.
Aber ich war immer traurig, weil ich dachte, ich hätte meine Schwester umgebracht. Ich dachte, Gott sei mir böse. Aber er hat mir verziehen, denn er hat Dich geschickt.

Deine Schwester Ewa

Aus dem Tagebuch von Witold Łazarski
Juni und Juli verbrachte ich mit der kleinen Jüdin am Bug auf dem Gut von Tante Z. Die Alte war halb blind und taub und zum Glück nicht weiter lästig. Bei ihr lebte nur ein geistig zurückgebliebener Diener – genau die richtige Gesellschaft für ein Paar wie uns. Auf dem Rückweg vom Fluß beobachtete ich eine Szene, die mir zu denken gab. Tante Z. versuchte, der kleinen Jüdin den Vers »Wer bist du, kleiner Pole« beizubringen. Zum Glück klappte das nicht so recht, das Kind ist zu klein und zu mißtrauisch, um sich von Fremden etwas beibringen zu lassen.
Am 30. Juli kehrten wir im Triumph nach Warschau zurück, die kleine Jüdin in ihrer neuen Rolle. In die Ferien war sie im Wäschekorb gefahren. Diesmal trug ich sie auf dem Arm die Treppen hoch. Eine Nachbarin schaute uns hinterher, stellte aber keinerlei Fragen.
Ich mache mir Sorgen, weil das Kind immer noch kahl ist. Kein einziges Haar. Und sie läuft nicht, sie macht Anstalten dazu, aber irgendwie sind ihre Beine zu schwach. Dabei kämpft Z. wie ein Löwe um Vitamine. Vielleicht bringen die Ferien eine Veränderung. Sie hat so viel Obst gegessen.

Tonbandaufzeichnung

Anna Łazarska Was war Witold Łazarski für mich? Ich erinnere mich an einen Besuch der Schwester seiner Frau. Er ist mir im Gedächtnis haften geblieben, weil jene in unserem Haus wie ein Bote aus einer unbekannten Vergangenheit auftauchte, wie jemand aus einer Familie, zu der ich keinen Einlaß hatte. Heute weiß ich, daß sie mich nie für das Kind ihrer Schwester hielt, vielleicht verdächtigte sie ihren Schwager einer heimlichen Liebesbeziehung. Als ich guten Glaubens fragte, ob ich meiner Mutter ähnlich sähe, lachte sie laut auf. Sie wollte etwas sagen, aber der strenge Blick meines Vaters hielt sie zurück. Danach, als ich schlafen gehen mußte und sie im Eßzimmer am Tisch saßen und sich unterhielten, sagte sie: »Du hast Irena umgebracht, lange bevor die Deutschen das gemacht haben.« Ich behielt diesen Satz in Erinnerung, weil er mir unlogisch vorkam. Eines ist sicher, die Schwägerin haßte Witold Łazarski, und dieser Haß entsprang nicht der Solidarität mit ihrer Schwester, sondern erwuchs aus etwas, das zwischen ihnen war. Durch eine Türritze sah ich ihre Köpfe dicht beieinander. Ich hörte ihr Gespräch. Er sagte: »Ich hatte sie gewarnt, daß ich mich nicht zur Ehe eignen würde, zu keinerlei engeren Bindung.« Sie antwortete ihm mit Ironie: »Du bist ein vorbildlicher Papa.«

Ich War sie seine Geliebte?

Anna Łazarska So hätte ich denken können.

Ich Was heißt »hätte können«?

Anna Ł. Wäre ich damals älter gewesen, hätte ich sie dessen sicher verdächtigt und sie natürlich verurteilt, für mich war diese Frau die Schwester meiner Mutter.

Ich Also Ihre Tante.

Anna Ł. So habe ich sie nicht gesehen. Ich verband sie nicht direkt mit meiner Person, vielleicht deshalb, weil ich fühlte, daß sie mich nicht liebte. Meine Neugier galt einer Frau, die viel von meiner Mutter wußte. Ich wußte gar nichts.

Aus dem Tagebuch von Witold Łazarski

Dem Aufstand entkommen, ein Blick zurück auf die nicht mehr vorhandene Stadt. Man darf niemals hierher zurück-

kommen, dachte ich, wenn man vorhat, jemals wieder normal zu leben. Im Rucksack trug ich die kleine Jüdin. Ich müßte lügen, wenn ich behaupten würde, sie sei mir nicht schwer gewesen. Neben mir trippelte diese Frau. Sie bildete sich ein, es sei ihr durch ein Wunder gerettetes Kind. Ich konnte das nicht hinnehmen, bis zum Überdruß wiederholte ich: »Sie sind keine Mutter mehr.«
»Mein Töchterlein«, redete sie wirr.
Also wirklich, was für eine Situation. Mit dieser Unglücklichen verbinden uns die Stillzeiten.
Der Aufenthalt in Pruszków, in einer vollgestopften stinkenden Halle, läßt sich einfach mit nichts vergleichen. An das Eingesperrtsein im Keller erinnere ich mich jetzt mit einem gewissen Heimweh. Der Durchfall quält diesmal mich. Dieser Schatten von einer Frau beschützt die kleine Jüdin. Die Augen in ihrem eigentlich nicht vorhandenen Gesicht glimmen in eigenartigem Glanz. Woher findet sich in diesem ausgetrockneten Körper die Milch? Das ist hier die Frage! Sie wirkt beschützend auf das Kind, die Kleine scheint Hunger und Durst nicht mit uns zu teilen. Im morgendlichen Licht, das durch die schmutzigen Scheiben der hochgelegenen Fenster fällt, bemerkte ich mit Staunen, daß sich dieser immer noch zu große Kopf mit Flaum überzogen hat. Und die nächste Frage und zugleich ein moralisches Dilemma: Haben wir das Recht, von der Hilfe dieser Unglücklichen zu profitieren, oder aber nicht? Doch letztendlich hat sich dieses Volk immer am Körper anderer Völker genährt, vielleicht ist das also der normale Lauf der Dinge. Die Frau scheint allmählich ihren Verstand zu verlieren, sie lebt in ihrer eigenen Welt, aus der sie nur herauskommt, wenn sie sich mit dem Kind beschäftigt. Sie liebkost es und küßt es – von innen erhellt vom Licht der Mutterschaft. Das ist mehr als Instinkt, das ist eine eigene weibliche Religion, ein Bekenntnis stärksten Glaubens.
»Sie sind keine Mutter«, wiederhole ich, aber sie hört mich nicht, sie streichelt diesen flaumbewachsenen übergroßen Kopf, ist ruhig und glücklich. Ich gebe ihr mein Brot, nur soviel kann ich für sie tun, aber so ganz sicher bin ich mir dabei nicht, ob das nicht eigentlich jemand anderem gilt. Die

Frau wegzujagen hieße, das Kind dem Verderben anheimzugeben, zumindest in der jetzigen Situation, wo es an allem fehlt und das Wasser vom Hydranten von Krankheitserregern nur so wimmelt. Die Menschen sind gezwungen, ihre Notdurft in den Ecken der Halle zu verrichten, und dieser stinkende Kleister fließt nach draußen, sickert in die Erde, von wo er mit dem Wasser zu uns zurückkommt. Jemand drittes müßte eine Entscheidung fällen. Zuzugeben, daß die Frau nicht die Mutter ist und ich nicht der Vater bin, hieße, das Urteil über das Kind zu sprechen. Das Geheimnis ihrer Herkunft verbirgt sich in ihren Augen. Wenn sich ihr jemand nähert, schließt sie sie vorsichtshalber. Ist ihr Selbsterhaltungstrieb wirklich so stark? Oder ist es nur die Angst vor Menschen, von denen sie bisher nicht allzu viele gesehen hat?

Ich war Zeuge folgender Szene: Ein kleiner Junge, gerade ein paar Jahre alt, wurde von einem Bewacher vor das Gitter gelockt, vor welches herauszugehen »verboten« war. Er hielt dem Kind auf einem Stock ein Stück Brot hin. Der kleine Junge kämpfte sichtlich mit sich, doch der Vorteil, etwas Brot zu ergattern, schien ihm das Risiko wert. Er kroch unter dem Gitter hindurch auf die andere Seite, der Wächter erschoß ihn einfach. Der Schrei der Mutter, die ihren Jungen aus den Augen gelassen hatte.

Tonbandaufnahme

Anna Łazarska Ich war stolz auf meinen Vater, gleichzeitig war er aber auch der Grund für viele meiner Schmerzen. Ich wunderte mich, wie ein so wunderbarer Mann ein so unscheinbares Kind haben konnte. Manchmal kam mir der Gedanke, er sei vielleicht nicht mein wirklicher Vater. Aber die meisten Kinder haben solche Zweifel, meine Schulkameradinnen hatten sie... Damals, als er in der Tür des Kinderheims stand, war ich so glücklich. Daß ich ihn sah und daß die anderen ihn sahen. Es machte nichts, daß er einen alten Sakko anhatte, denselben, in dem er verhaftet worden war. Trotz der Kälte war er ohne Mantel, er kam direkt aus dem Gefängnis...

Aus den Aufzeichnungen von Anna Łazarska

Ich packte meine Sachen, aber mein Herz führte sich skandalös auf. Es störte mich nur. Ich hatte es eilig, aber es machte Faxen, es erschwerte mir das Atmen, und ich mußte mich aufrichten und tief Luft holen. Was für eine Taktlosigkeit von ihm.

Er ist gekommen! Er ist gekommen! Er ist hier! sang es in mir.

Nein, nein, nein. Er konnte mir damals nicht sagen, daß er nicht mein Vater war. Dieses verrückt gewordene Herz hätte das nicht verstanden, genauso wie es nicht verstehen konnte, daß es hätte stillhalten und mir meine Freude lassen müssen. Später stellte sich dann heraus, daß es doch ein Herzfehler war. Mein Vater brachte mich von einem Professor zum andern. Aber an jenem Tag hatte das noch niemand gewußt, weder er noch ich, noch mein Herz. Deshalb war es von mir so scharf zurechtgewiesen worden.

Schließlich war ich fertig, ich sauste durch den Flur. Die dicke Erzieherin hielt mich auf.

»Was soll das, Łazarska«, sagte sie, »sechs Jahre lang hast du hier mit uns gelebt und willst dich nicht einmal von uns verabschieden?«

»Von Ihnen mit Vergnügen«, gab ich zurück, wie es sich für ein rachsüchtiges Mädchen gehörte.

Wir stiegen in ein altersschwaches Auto, das uns aber noch heil nach Warschau brachte. Mein Vater bezahlte den Fahrer und sagte:

»Bevor wir zum Bahnhof gehen, essen wir noch ein gutes Mittagessen im ›Europejski‹.«

»Woher hast du denn Geld?« interessierte ich mich. Irgendwie war ich immer praktischer als er. Jetzt erklärt sich das.

»Ich habe Großvaters Uhr verkauft«, erwiderte er, »im Zug, für einen guten Preis.«

Nachher stellte sich heraus, daß der Preis lächerlich niedrig war, aber er konnte das nach einer so langen Pause nicht wissen. Als ich schon erwachsen war, erfuhr ich, daß er in der Todeszelle gesessen hatte.

Tonbandaufnahme
Anna Łazarska Die Beachtung, die mein Vater seiner physischen Kondition schenkte, übertrug sich auf mich. In dem Winter, als wir wieder zusammenwohnten, nahm er mich in die Berge mit. Er brachte mir das Skifahren bei. Nach zwei Wochen eines strengen Trainings landete ich im Krankenhaus. Wieder war mein Herz zwischen uns getreten... Ich erinnere mich an meine inständigen Gebete, mit ihm fahren zu können.
Ich Sind Sie gläubig?
Anna Ł. Fragen der Religion waren in meinem Leben nicht geklärt. Als wir wieder zusammenlebten, waren meine Freundinnen längst zur ersten Kommunion gegangen. Auch ich wollte, aber mein Vater ließ sich damit erstaunlich viel Zeit. Er erlaubte mir, in den Religionsunterricht zu gehen, wenn ich ihn aber wegen des Taufscheins behelligte, speiste er mich mit irgendeiner Bemerkung ab.
Ich Aber den Taufschein gab es doch, Z. hatte ihn damals gebracht.
Anna Ł. Ich habe ihn bei Vaters Papieren nicht gefunden. Vielleicht ist er während des Aufstands verloren gegangen.
Ich Und wie wurde die Geburtsurkunde nach dem Krieg rekonstruiert?
Anna Ł. Ich weiß nicht, wie mein Vater das bewerkstelligt hat. Jetzt verstehe ich seinen Widerstand dagegen, daß ich die Sakramente empfangen sollte. Ich war nicht getauft, und außerdem gehörte ich zu dem Volk, das Christus gekreuzigt hat.
Ich Ihr Vormund konnte nicht in solchen Kategorien denken, er war ein aufgeklärter Mensch.
Anna Ł. Über die Beziehung zu den Juden bestimmt weder der Grad des Selbstbewußtseins noch der der Intelligenz. Der Antisemitismus ist wie eine psychische Krankheit, er kann jeden befallen. Wie gesagt, mein Vater und ich sprachen nicht über persönliche Themen miteinander. Ich konnte ihn nicht nach seiner Beziehung zu Gott fragen. Ich dachte eher, er sei nicht gläubig, trotzdem habe ich zufällig erfahren, daß er eine Seelenmesse für seine verstorbene Frau hat lesen lassen.

Ich Vielleicht tat er es ihr zuliebe? Wegen ihrer Beziehung zur Religion?
Anna Ł. Daran habe ich gedacht, aber letztlich mußte ich es dahingestellt sein lassen.
Ich Wie sind Sie zurechtgekommen? Schließlich lebten Sie in einem fast rein katholischen Land. Da sind immer alle in die Kirche gegangen.
Anna Ł. In die Kirche bin ich gegangen, aber nicht zur Kommunion. Ich verstehe selber nicht warum, aber ich drängte meinen Vater nicht wegen dieses Taufscheins. Ich habe ihn nicht geradeheraus gefragt, ob ich getauft sei. Ich weiß nicht, was mich zurückgehalten hat. Vielleicht seine ablehnende Haltung, die ich bei ihm in dieser Sache spürte. Hätte ich ihn damals gefragt, hätte er sich vielleicht entschlossen, die Wahrheit preiszugeben. Er konnte Lügen nicht ausstehen...
Ich So hat Ihre Passivität hier also auch ein bißchen schuld. Man kann von einer beidseitigen Schuld sprechen.
Anna Ł. Niemand ist schuldig.
Ich Und doch haben Sie Ihren Vater beschuldigt, haben sogar beschlossen, ihn zu bestrafen, indem Sie ihn ohne ein Wort des Abschieds zurückließen.
Anna Ł. Ich habe, bitte schön, nicht ihn, sondern mich selbst bestraft.

Aus dem Tagebuch von Witold Łazarski

Was passieren mußte, ist passiert. Ich bin aus dem Zug gesprungen und habe diese zwei Wesen ihrem Schicksal überlassen. Ich hatte eingesehen, daß das Kind zu dieser Frau gehörte, und sei es nur deshalb, weil es ohne sie nicht mehr existieren würde. Ich ließ es zu, daß sie es an sich drückte. Das Kind mag das ganz offensichtlich nicht, es ist an solch überfließende Liebkosungen nicht gewöhnt, vielleicht spürt es auch den Wahnsinn in dieser Frau. Aber war das denn nicht die einzig mögliche Entscheidung? Für mich selbst wählte ich eine andere. Den Sprung. Obwohl es früheren Waghälsen nicht gelungen ist. Ihre Leichen liegen am Bahndamm. Ha! Was soll's.

Ich kam im Graben zu mir und befühlte meine Glieder, sie waren unversehrt. Dann stützte ich mich auf meinen Ellbogen, um die Lage zu studieren, und ich glaubte das Opfer einer Halluzination zu sein: Unter einer auf dem Bahndamm zusammengerollten Frauengestalt kroch das Kind hervor. Es stellte sich auf die Beine, schaute ringsum und ging in meine Richtung los.

Die Silhouette des letzten Waggons verschwand hinter der Biegung, ich saß auf der Erde, ohne das alles ganz zu begreifen. Wie kam es, daß sie hier waren? Sie hatten doch gar nicht springen sollen. War das ein Unfall? Die letzten paar Meter, die sie von mir trennten, legte die kleine Jüdin auf Nummer Sicher zurück, auf allen vieren. Ihr schmutziges Gesichtchen drückte bei meinem Anblick unendliche Zufriedenheit aus. Schweigsam wie immer setzte sie sich neben mich und beschäftigte sich damit, an dem aufgegangenen Bändel der Jacke zu zupfen. Auch die, zugegeben, nicht von äußerster Sauberkeit.

Nach einiger Zeit erst näherte ich mich der Frau, es beunruhigte mich, daß sie ihre Position nicht verändert hatte. Als ich sie auf den Rücken drehte, schauten mich tote Augen an.

Tonbandaufnahme

Anna Łazarska Meine neue Situation machte mir manchmal angst, denn wie sollte ich mich jetzt verhalten, für wen sollte ich mich halten? Akzeptierte ich, das Kind meiner wirklichen Eltern zu sein, müßte ich zu einem Anfang zurückfinden. Doch wo nach ihm suchen? Auf dem Gebiet des ehemaligen Ghettos stehen jetzt moderne Blocks, Leute leben in ihnen, die sicher kaum eine Ahnung davon haben, was sich hier vor vierzig Jahren abgespielt hat. Wie sollte ich die Tatsachen rekonstruieren?

Ich Wissen Sie, Tatsachen gibt es eigentlich nicht, lediglich deren Interpretation. Jede kann anders sein.

Anna Ł. Aber das gilt nicht für die Abstammung, die allein ist unbestreitbar.

Ich Wir sind, wer wir sein wollen. Würden Sie sich zum Beispiel einreden, eine Negerin zu sein, könnten Sie das werden.

Anna Ł. Eine Negerin mit weißer Haut?
Ich Es gibt verschiedene Färbemittel.
Anna Ł. Schon, nur spreche ich nicht von der Hautfarbe, sondern von dem, was in uns ist.
Ich In Ihnen ist die Kultur ganzer Generationen von Vorfahren, die an der Weichsel geboren und erzogen wurden. Immerhin haben Sie doch nicht in Afrika gelebt, sondern am Ort ihrer wirklichen Eltern.
Anna Ł. Es ist, als hätte ich in Afrika gelebt. Wissen Sie, was mir dieser Amerikaner in Wien gesagt hat?
Ich Der mit dem ersten Preis?
Anna Ł. Zufällig ist er Jude. Seine Familie verließ 1944 Polen. Sein Onkel hatte die meiste Zeit seines Lebens in der Nalewki-Straße verbracht und erst in Amerika erfahren, daß in Warschau auch Polen lebten. Der zweite Onkel muß schlimmere Erfahrungen gemacht haben. Er sehnt sich nach Krakau und würde gerne eine Reise dorthin buchen, aber er weiß nicht, ob man die Juden dort immer noch prügelt.
Ich Was haben Sie geantwortet?
Anna Ł. Ich wunderte mich, daß er so etwas fragte.
Ich Werden denn die Juden jetzt nicht mehr geprügelt?
Anna Ł. Meinen Sie das im Ernst?
Ich Verzeihung. Das war ein dummer Scherz.

Aus dem Tagebuch von Witold Łazarski

Für die Entscheidung, sich in K. niederzulassen, gibt es eine Reihe von Gründen, vor allem den, daß Irena aus dieser Stadt stammt. Möglicherweise finden wir uns leichter. Ich werde hier auf sie warten, danach muß die Sache mit der kleinen Jüdin irgendwie in Ordnung gebracht werden. Ich gebe sie weiterhin als meine Tochter aus. Das ist insofern gefährlich, als Irenas Familie den Betrug leicht aufdecken kann. Das einzige Dokument ihrer Identität ist der Fetzen aus einer jüdischen Zeitung; als Rechtsanwalt kann ich ihn als Beweis nicht zulassen. Bleiben die Zeugen, aber der einzige Zeuge ist Z., und der hat bisher kein Lebenszeichen von sich gegeben. Er verabschiedete sich von uns am ersten August, als er in seinen großartigen Krieg zog.

»Ich gehe mich schlagen«, hatte er gesagt, »passen Sie auf das Kind auf.«
Er versprach, bei uns vorbeizuschauen, doch bald wurden wir im Keller verschüttet. Nun denn, das, was am 4. Juli passierte, läßt sich nur mit einem Wort bezeichnen: Provokation. Nur wessen? Zu viele Fäden sind es, und dabei weiß man nicht, welcher aus welchem Knäuel kommt. Andrerseits bedarf es trockenen Holzes, damit ein Scheiterhaufen so hoch lodern kann. Unter den Opfern waren auch Kinder.
Was haben mich die Deutschen gelehrt, was lerne ich jetzt von den Polen?

In den Papieren der Łazarska fand ich die Tonbandabschrift eines Gesprächs ihres Vaters mit unbekannten Leuten. Wozu hatte sie ihm gedient? Wer war sein Gesprächspartner gewesen? Ein Verrückter? Einfach ein Zeuge? Soll man darin die *vox populi* sehen? Ich stelle Ihnen das ganze Gespräch ungekürzt vor, obwohl es keinen unmittelbaren Bezug zu unserer Heldin hat, vielleicht nur insofern, als sie als Tochter von Łazarski ihrem Schicksal entgehen konnte.

Männliche Stimme Einerseits war das eine Stadt der kleinen Kaufleute, andererseits herrschte eine ganz entsetzliche Armut. Wie kam das? Der Krämer unterlag dem jüdischen Finanzier, mir ist das klargeworden, als ich im Jahre '59 Beauftragter für statistische Erhebung war, unter anderem wurden die Eigentumsverhältnisse bei Wohn- und Grundbesitz geprüft. Und plötzlich stellte sich heraus, daß in der Sienkiewicz-Straße, der Hauptstraße der Stadt, zwei Drittel der Häuser und Grundstücke im Besitz einer gewissen Hala Rosenberg waren. Ich kann mich im Namen irren. Die arme Alte, Hala Rosenberg, erinnert sich natürlich nicht an mich, egal. Hala Rosenberg hat es gegeben. Das war ein altes Weib, das immer am Stock ging. Eine sklerotische Person, eine Greisin. Sie fuchtelte mit ihrem Stock:
»Platz da, ihr Flegel, hier komme ich.«
Aber egal. Ihr gehörte die halbe Innenstadt. Warum? Die Ju-

den, die K. nach dem Krieg verließen, traten ihre Rechte an sie ab. Die Folge war, daß Hala Rosenberg die Eigentümerin wurde. Aber was brachte ihr das schon. Diese Mietshäuser gibt es nun mal, klar, aber sie waren so mit Hypotheken belastet. Na ja, aber formal gehörten sie ihr. In ihrem Namen übte ein Jude die Funktion des Sachwalters aus, ein gewisser Szewko. Aber mir war plötzlich klar, was Hausbesitz eigentlich bedeutete. Wer war denn der Besitzer? Und hier fängt es erst an. Das war nun gerade die Innenstadt. Aber der Stadtteil zum Beispiel, wo ich zur Schule gegangen war, bevor wir umgezogen sind. Wir sind ins Zentrum gezogen, und ich wohnte in genauso einem früheren jüdischen Mietshaus, nicht gleich, zuerst in so einem kleinen Haus in der Młoda-Straße, aber nur für kurze Zeit, obwohl es mir vorkommt, als hätte das so ungefähr ein halbes Jahr gedauert. Aber später ist mir bewußt geworden, daß das nur einen Monat lang war; ein Kind empfindet einen Wechsel oder eine Neuerung als sehr langdauernd, das ist eine sehr intensiv gelebte Zeit. Aber später habe ich es an den Daten gemerkt, daß wir Ende Mai oder Anfang Juni nach K. gekommen sind und ich also im Juli schon dabei war, also nicht zur Schule…, ich weiß, daß ich zum Ende des Schuljahrs nicht zum Unterricht gegangen bin, weil mir Mama eine Bescheinigung beschafft hat, so eine extra schnelle. Aber die war von der fünften Klasse. Und ich kam in der hiesigen Schule erst im September in die sechste, doch ab Juni wohnten wir in der Młoda-Straße, in so einem Arbeiterviertel, in so einem netten Häuschen, danach dann sind wir wie gesagt in eine Wohnung umgezogen, zu einer gewissen Tante Kabacińska. Das war gar keine Tante. Aber wir nannten sie so, weil es darum ging, eine Wohnung zu kaufen, eine sogenannte Abtretungswohnung, damit man sich anmelden konnte. Und Tante Kabacińska zog dann mit ihrer Tochter nach Warschau, die sogenannte Tante Kabacińska. Und wir wohnten dann dort. Nur daß, ja, das Paradoxe war, es war eine Dreizimmerwohnung, und man ging vom Treppenhaus her auf der einen Hofseite rein, neben dem Fotografen Chećko, wo das Treppenhaus eingestürzt war und die Wände in zwei Hälften auseinanderklafften, weil dort eine Bombe eingeschlagen hatte. Es war schwer durchzugehen. Aber da sind wir rein- und rausgegangen, wie beanspruchten ein Zimmer mit Küche, aber anfangs war da Tante Kabacińska, die uns deshalb im zweiten Zimmer einquartierte, wo Leute von der Staatssicherheit wohnten. Im dritten Zimmer, es war eine Flucht von drei Zimmern, im dritten, wo so ein kleiner Flur war, wohnte der zweite Sekretär des Wojewodschaftskomitees, ein gewisser Bürger J. G. oder S. G., ich weiß nicht mehr, ein sehr netter, sehr kultivierter, sympathischer Herr, vollkommen kahl. Er kam immer mit dem Wassereimer zu uns ins Badezimmer, weil dort der Durchgang war. Aber uns setzte die Tante zu denen von der Sicherheit, die hatten für da eine Quartierzuweisung. Immerhin gehörte ihr die Wohnung, und wir waren durch einen Paravent abgeschirmt, es zog ein bißchen, obwohl schon Sommer war. Ein Geschoß hatte ein Loch neben dem Balkon gerissen, und es war mit einem Kopfkissen zugestopft worden, aber trotzdem zog es ein bißchen. Dort waren auch die von der Staatssicherheit. An einen Namen erinnere ich mich: Roman K. Dieser Schriftsteller W. K., das ist angeblich er. Ich weiß nicht, ob er das ist, ich weiß es nicht hundertprozentig, aber gewisse Stellen aus dem Lebenslauf wiederholen sich, andere nicht. Der zweite, das war Ł., und nach ihm zog S. K. ein, und von ihm hieß es, er hätte mit den Ereignissen in Verbindung gestanden. Oberleutnant K. Sehr liebenswürdige, elegante Typen. Na und wir haben dann dort gewohnt, das war am Fluß in der Sienkiewicz-Straße. Von dort stank es, Fäulnis, Abfälle, Strohmatratzen. Der einzige Fluß in K. Deshalb wichtig, weil sich die Ereignisse am Fluß abspielten, das ist für das Leben meines Vaters von Bedeutung... Mein Vater arbeitete damals bei der Wojewodschaftsfeuerwehr, er war Offizier, Oberleutnant. Nebenbei bemerkt, er erhielt seine Ausbildung in der Feuerwehrschule im Stadtteil Zoliborz, er nahm an der Löschaktion beim Brand des Ghettos teil, gleich zu Anfang war er dabei, am 30. Juni kam er nach K. Seine Kollegen wollten nicht zurück, na, das waren so Helden. Papa hatte kein Glück, aber jene sind geblieben...

Weibliche Stimme Weißt du, Jurek, was mir eingefallen ist, ich weiß nicht mehr, wo ich es gelesen habe, denn früher habe ich mich einmal mit Zeitschriften und der Literatur dieser Gegend beschäftigt, und ich weiß nicht, ob das im J. war, wahrscheinlich nicht, irgendeine andere Quelle, eine sehr interessante Information darüber, daß der gesellschaftliche Aufstieg, der den Nachkriegsjahren, den Bauern, zugeschrieben wird, in den Kriegsjahren stattgefunden hätte. Die Aneignung des ehemals jüdischen Besitzes und der Häuser erfolgte während der Besatzungszeit, nach der Aussiedlung der Juden. Damals war die Rede vom Zustrom neuer Menschen nach K. Das war der Aufstieg des Kleinbürgertums...

Männliche Stimme ...und der Schieber, eine ganz plötzche Bereicherung bestimmter kleinbürgerlicher Schichten, sie kauften den ehemals jüdischen Besitz für einen Spottpreis von den Gemeinden und Städten, von der Stadtverwaltung, vom Magistrat. Als Umschichtung des sozialen Gefüges. Und in genauso einem Mietshaus war meine Schule, in einem ehemals jüdischen Mietshaus. Eine schreckliche Schule, wo man jeweils durch ein Zimmer ins nächste kam, egal... Ich wollte von dieser Stadt sprechen. Der Krämer unterlag dem jüdischen Finanzier, wie ich schon im Zusammenhang mit den Mietshäusern sagte. »Eure Straßen, unsere Häuser«, das gab es. Der kleine Kaufmann unterlag, er mußte unterliegen, aber er wurde damit nicht fertig... nicht jeder war ein Chaim Kotowski. Ich schätze Herrn Kotowski sehr, er war aus einer reichen Familie, ein sehr kluger und guter Mensch, rechtschaffen. Soo eine Nase. Diese Familien waren schon im 19. Jahrhundert zum Christentum übergetreten. Das mit dem Übertritt war meines Wissens so um die Jahrhundertwende. Es gibt so eine Fabrik, die wichtigste in K., die »Ludwigs-Hütte«, dort wurden die allerbesten Säbel in der Geschichte Polens hergestellt, Modell 34, ausgezeichnete Säbel, unheimlich geschätzt und teuer. Teurer selbst als die historischen Säbel. Ludwig Starke muß nach allem, was man weiß, um 1905 Christ geworden sein, was vor nicht allzu langer Zeit die kommunistische Presse im Tonfall befriedigter Denunziation bekanntgegeben hat, die örtliche Kommunistenpresse. Das war eine der wenigen Fabriken in K. Zu ihren Arbeitern hat-

ten Ludwig Starke und sein Sohn ein sehr ungnädiges Verhältnis, sehr von oben herab. Ein Arbeiter vergißt nicht, daß das ein konvertierter Jude ist, und die Arbeiter waren damals alle arm. In K. gab es keine Arbeiteraristokratie, da gab es zwei Siedlungen, die sogenannten Alleen. Der arme Schlucker und Habenichts wohnte dann in so einem Mietshaus und arbeitete in einem jüdischen Unternehmen, das muß man bedenken. Ja, das muß man immer bedenken. Der wußte immer, wer der Klassenfeind war. »Ich arbeite bei einem Juden und mach für ihn den Deppen.« Mein Vater erzählt, daß er bei einem Juden gearbeitet hat, der ein sehr guter Prinzipal war. Mein Vater war Schlosser, aber nur kurz. Aber so sah das aus. Starke hatte ein miserables Verhältnis zum Arbeiter.
Mit der Stadt war das so, auf der einen Seite hatte sie eine patriotische Tradition, es gab keinen Aufstand, keine Erhebung während des Weltkrieges... Nach dem Krieg gab es in Polen eine spezifische Situation, die Stadt war randvoll mit Partisanen... K. war eine Festung der Heimatarmee, der AK. Mein Arbeitskollege fand bei der Inventur im Museum ganz hervorragende Drucksachen des Untergrunds aus den ersten Nachkriegsjahren, phantastische Drucksachen antikommunistischer Konspiration von der ehemaligen AK. Das waren Kerle mit Format, von der Vorkriegsintelligenz, die es doch gegeben und die die Jahre überdauert hatte. Die AK-lerinnen, wie man sie nannte, diese Frauen, Verbindungsleute der AK, hatten Klasse. Das heißt, zu einer gewissen Intelligenz hat es die Stadt gebracht. Nach dem Krieg kommt es dann zu der typischen Vermischung. Was soll's, der Malocher, der allerärmste, der weiß das alles. Wie stellt sich die Lage nun dar? Ich werde von meinem Arbeitskollegen sprechen. Das war ein Berufsapparatschik, er starb im vergangenen Jahr. Ein bißchen Gauner, ein bißchen Säufer. Als Mensch hatte er seine guten Seiten. Er war aus der Planty-Straße. Die Planty-Straße liegt auch in unmittelbarer Nähe des Flusses. Der Vater dieses Kollegen wurde also abgeholt, und zu Hause blieben drei Jungs und eine arme einsame Mutter zurück. Und jetzt geht es mit Stefan los, denn so hieß der Kollege. Einmal hat er mir im Vertrauen was Unfreundliches über die Juden

gesagt. Er mochte sie nicht. Und zwar bei der Stelle, wo sich die Ereignisse abspielten. Es lohnt sich, hier an die verlogene Situation der Opfer nach dem Krieg zu erinnern. Einerseits die Verhätschelung durch den Kommunismus, andererseits die Verhätschelung durch den Zionismus, einmal als Juden, einmal als Vorkämpfer des Kommunismus und dann wieder als was weiß ich. Das war ihre Situation nach dem Krieg in K.

Die Planty-Straße, dort ist es passiert. So ein ordentliches, kleinbürgerliches Sträßchen, da gibt es immer noch Mietshäuser und ordentliche Bewohner, gleich daneben ist ein typisches Proletarierviertel mit einer Armut wie beim Lumpenproletariat. Dort hat alles angefangen. Und das ist sehr wichtig für uns, daß diejenigen, die darüber schreiben, all die Schwachköpfe, Schriftsteller und Journalisten, also mein Kollege, ich kenne ihn gut, Wodka habe ich mit ihm getrunken, also er hat geschrieben und geschrieben, damit die nicht versuchten, diese unglückseligen Krämer zu rechtfertigen, die ihre Doppelflinten hervorgeholt hatten. Ein Teil des ehemaligen Kleinadels, mit Schnurrbärten und in Breeches, sei während der Ereignisse angeblich aus den Höfen gerannt und hätte auf die Juden geschossen. Das ist nicht wahr, das kam von unten, vom Volk, und damit muß man anfangen. Dieses Elend während des Krieges, das entsetzliche Elend der Starowarszawskie Przedmieście, der Piotrkowski-Straße, na und der Planty-Straße, das war das Elend meiner Schulkameraden. Ich habe vielleicht nicht so direkt mit allen sympathisiert, aber ich habe es gesehen. Es war das Elend an der Nahtstelle zu den kleinbürgerlichen Gassen von Targowa, wo die Händler aus der Besatzungszeit, die Schieber und andere angesiedelt waren, aber die Lebensart war die gleiche. Nowy Świat, solche Straßen waren da und sind es noch jetzt. Die Starowarszawskie Przedmieście gibt es jetzt nicht mehr, im Zeitalter der Urbanisierung wurde der Name geändert – die stolze Fahne des Nationalrats.

Weiter geschah folgendes, ich rede jetzt wieder über den Stefan, wie es der siebzehnjährige Stefan P., Mitglied des Kampfbundes der Jugend, sehen konnte, denn für ihn bestand keine andere Chance, genauso wenig für Władek G. aus meiner Klasse, der im Kampfbund der Jugend war, für R. C., der auch im KBJ war, und für zwei weitere, die in der Grundschule eben der AK angehört hatten, so bunt waren sie vermischt. Sie hatten die Taschen voll mit Schießeisen. Die wurden im Gymnasium rumgezeigt, mich hat das verwundert. So ein Stefan P. aus dem allerschlimmsten Elend, so ein Antek Wawrzek, nein, Antek Wawrzek das ist schon falsch gesagt, weil er ein Opfer der Ereignisse war, aber Stefan konnte daran teilnehmen. Ich fühlte, daß er mitgemacht hat. Aber egal. Man muß verstehen, wie das gesehen wurde. Nach dem Krieg gibt es da die Partei Poale Zion, sie schließt eine Vereinbarung mit der Regierung und bekommt ein Lokal in der Planty-Straße. So eine Kleinfabrik und gleichzeitig ein Wohnblock. Sie existiert noch heute. Nach dem Krieg wurde sie vom Staat übernommen. Was die dort gemacht haben, weiß der Henker, irgendwelche Täschchen vielleicht, vielleicht sonst irgendeine Scheiße, weiß der Teufel. Auf jeden Fall produzierten und verdienten sie. Und dieser Wohn- und Fabrikblock wurde als ganzes eben der Poale Zion überlassen. Das wurde zu so einer Kultur-Wohn-Durchhalte-Festung des Judentums, das zurückgekommen war und sich hauptsächlich dort konzentrierte. Im Grunde genommen lebten die Juden nicht in der Stadt. Was es da an Paketen, an Schokolade und Orangen gab, so Supersachen, um »unseren Leuten« zu helfen. Einerseits war das verständlich. Also mit meinem späteren Jugendverbandsherzen litt ich viele Jahre darunter. Was ich gesehen hatte, das war für mich ein Schock. Ich sah ein, wenn diese Menschen so gelitten hatten, dann stand ihnen das doch zu. Ich dachte damals, daß der kommunistische Staat ihnen das gegeben hat. Zum Teufel, woher konnte ich wissen, wer wo was gab. Immerhin hatten diese Menschen doch das allergrößte Elend erlitten, und ihnen stand es zu. Ich konnte mir das mit meinem roten Jugendverbandsherzen so erklären. Aber für Stefan P., dem Typ des Kabejot-Herzens, war das ganz was anderes. Allem Anschein zum Trotz kam das vom einfachen Volk. Das sah das so: Diese Saujuden, die uns vorher gequält haben, denn so ein Vater wie der von Stefan, der hat doch bei einem Juden gearbeitet, bei Starke oder so, so ein Stefan konnte denken, die soll der Teufel holen, die werden bis oben hin vollgestopft, und wir leben gerade so, der Mutter reicht es hinten und vorne kaum. Die Bevölkerung war immerhin so loyal, wie sich zeigte, daß Starke als Fabrikant überlebte, natürlich wurde er vom Unternehmen ausgeschlossen und die Fabrik unter deutsche Leitung gestellt. Die Familie überlebte. Der Sohn des nächsten Starke, Hugo, also der Enkel Ludwig Starkes, war Mitglied in der Jazzband, die ich leitete. Hugo spielte gut Gitarre. Na ja, aber was war mit der Stadt. Alle Jungen aus meinem Gymnasium sind gegangen, zur Heimatarmee sind sie gegangen...

Weibliche Stimme Jurek, du warst schon weiter...

Männliche Stimme ...kann sein. Ich bin müde...

Weibliche Stimme Du warst bei der Poale Zion.

Männliche Stimme ...aus meinem Gymnasium ging die eine Hälfte zur AK und die andere Hälfte zu den Nationalen Streitkräften. Außerdem vollbrachte dieser Oberst Broniewski, also Bohun, die größte Heldentat in der Geschichte des Zweiten Weltkriegs. An der Spitze der kämpfenden Armeen überschritt er die Front und schlug sich zu den Amerikanern durch. Er fuhr durch Deutschland wie Kmicic, wie Kalinowski, wie die im 17. Jahrhundert. Aber mit den Deutschen... zuerst nahmen die ihn in die Zange, danach nahmen ihn die Bolschewiken in die Zange. Die Deutschen tippten sich an die Stirn und machten ihm als erste den Vorschlag. Nicht er. Jemand hat so ein Buch geschrieben, irgendein Moczar-Anhänger, und er war immerhin so ehrlich zu sagen: »Die Abteilung der Heiligkreuz-Brigade verfolgte die Deutschen im Kampf mit dem Feind.« Das ist sehr wichtig, denn das sind wesentliche Sachen. Die hefteten sich einfach an die Fersen der Krauts. Das waren gute Soldaten, eine gute Brigade. Darüber spricht man nicht, das wird vergessen, die AK sagt nichts, sie schämt sich. Für den Kampf gegen die Kommis und so manchen Mord an einem Juden. So manchen!

Ich (also Witold Łarzarski) Man kann von sporadischen Fällen sprechen, aber das betraf eher die Nationalen Streitkräfte...

Männliche Stimme …die der AK unterstellt waren, dieser Kumpel von mir im Archiv hat mir ein bestimmtes Dokument gezeigt. Es ging darum, daß die Juden, die vom Transport absprangen, im Gelände ein Durcheinander verursachten. Der Brigadeführer gab eigenmächtig den Befehl, auf sie zu schießen. Er wurde dafür von denen da oben ganz schön zusammengeschissen. Das Schriftstück unterzeichnete der Oberkommandierende der AK selbst, diesen Brief und die Unterschrift habe ich mit eigenen Augen gesehen.
Ich komme auf unsere Stadt zurück. Und da waren meine älteren Kollegen, einen von ihnen kannte ich als Maler, der kam aus Workuta zurück, er wurde nach dem Krieg verhaftet, Jasio G., einer der Teilnehmer am Attentat auf Witek, den Chef der Gestapo in K. Was passiert dann in der Stadt? Die Situation stellt sich so dar: Armut, Kramhandel, Intelligenz. Man muß das alles insofern korrigieren, als es den traditionellen Antisemitismus der Bauern, die massenweise einströmten, gab. Unter verschiedenen Vorwänden, auf verschiedene Arten, denn die Stadt zählte im Jahre '45 nach der Ausrottung fünfundvierzigtausend, oder gar, wie manche sagten, fünfundachtzigtausend, niemand vermochte das zu zählen, denn die Fluktuation war enorm. Am meisten kamen mittellose Milizionäre vom Land. Das war eine Plage für alle Wohnsiedlungen und alle Ballungsräume. Mittellose Milizionäre vom Land oder mittellose Staatssicherheitler, von denen gab es am meisten. Unter dem Vorwand, das Proletariat müßte die Straßen der Innenstadt bevölkern. Also ich wohnte bei Tante Kabacińska. Wie gesagt, wir hatten dort die von der Staatssicherheit. Die Situation sieht folgendermaßen aus: In meiner Klasse im Gymnasium waren Jungs, die waren älter als ich, fünfzig Kerle oder so. Sie standen abseits, das hat sich später gegeben. Aber im Unterricht zogen sie ihre Schießeisen, es gab einiges Geballer, der Lehrer packte sein Notizbuch ein, all so Sachen eben. Einmal wurde sogar von einer der höheren Klassen ein Bündel Granaten durchs Fenster geworfen. Alle Scheiben flogen raus. Die Staatssicherheit kam damals in die Schule, aber es gab eine Gemeinschaft der kämpfenden Seite…

Ich Schon, nur als es dann hart auf hart ging, verpfiff einer den anderen. Die Sache kam nicht vor Gericht, weil der Sohn eines hohen Funktionärs aus der Staatssicherheit darin verwickelt war...

Männliche Stimme Man lebte damals in K. wie auf einer Mine. Aber nebenbei bemerkt, Sie, Herr Rechtsanwalt, waren ja damals in K. bekannt und geschätzt. Ich erinnere mich noch, wie damals viel über diese Sache mit der Alten aus der Śliska-Straße gesprochen wurde, ich weiß nicht genau, wie sie hieß...

Ich Sarnecka.

Männliche Stimme Sie lebte in völligem Elend, in so einem Häuschen, das am Einstürzen war. Als der Kamin verstopfte, lief sie nur noch in einem alten Mantel herum, weil es ihr um die paar Groschen für den Ofensetzer leid tat. Eines Tages wurde sie mit zertrümmertem Schädel gefunden. Der Verdacht fiel auf einen Verwandten, einen jungen Kerl, einen Waisen, den sie anscheinend sehr schlecht behandelt hatte. Über den machten sie sich her. Und Sie, Herr Rechtsanwalt, nahmen sich von Amts wegen der Verteidigung an und gewannen den Prozeß.

Weibliche Stimme Und wer hat sie ermordet?

Männliche Stimme Der Nachbar. Sie hatte die Arme gespielt, sogar Unterstützung vom Nationalrat bezogen, aber in ihren Lumpen, in denen sie herumlief, war ein Vermögen eingenäht. Was es da nicht alles gab: goldene Dollarmünzen, Schmuck, und was für welcher, in einer Brosche war ein Brillant von der Größe einer Kartoffel. Der Mörder hatte das Haus durchwühlt, aber nichts gefunden... Ich erinnere mich auch an die Sache mit der Doppelflinte. Die Staatssicherheit nahm sie Ihnen, Herr Rechtsanwalt, immer wieder weg und gab sie dann doch wieder zurück, sie spielten Katz und Maus. Worum ging es denen?

Ich Sie wollten mich zwingen, der Partei beizutreten. Das war so eine Art sanfter Überredung. Sie kannten meine Jagdleidenschaft.

Männliche Stimme Am Schluß konfiszierten sie sowohl die Flinte, als auch Sie persönlich. Aber jetzt werde ich sagen,

was ich gesehen habe. Was ich weiß. Tante Kabacińska erzählte folgende Geschichte. Zu ihr kam so ein Käpt'n, wie sie das nannte, ein Käpt'n von der Staatssicherheit, denn er hatte einen dunkelroten Rand, so weinrote, dunkelrote Ränder an den Mützen hatten die Offiziere der Staatssicherheit. Der Käpt'n schaute sich ihre Wohnung an und sagt: »Sara, unsere Betten«, sie sagte das mit Abscheu in der Stimme, aber dieser Käpt'n sagte das mit genau demselben Abscheu, denn solche Betten, typisch für die dreißiger Jahre, hatten die Polen liebend gern einfach aus ehemals jüdischem Besitz erworben. Die Tante zog dann aus, ich weiß nicht mehr wann. Sie war eine schreckliche Person, ein typisches kleinbürgerliches Ekel, aber ihre Familie hatte gelitten, sie war eine unangenehme Person, ein typisch kleinbürgerliches Dämchen.
Ja und da geschieht diese Sache mit Antek Wawrzak. Ich erfuhr von einem Schulkameraden, daß man ihn fürs Matzenbrot genommen hatte. Das haben nämlich nicht alle mitgekriegt, was der wirkliche *spiritus movens* war. So verängstigt waren die Jungen, die man zur Matze genommen hatte. Woher ich das weiß, das sage ich auch noch. Das jüdische Denken: Goi, Fremder, ihm gegenüber ist alles erlaubt, war auch einer der Gründe für die Ereignisse. Es gibt das Gefühl der kollektiven Scham, die Leute verstricken sich so in Lügen, daß sie die ganze Wahrheit gar nicht sagen wollen und nicht einmal glauben, daß es sie einmal gegeben hat. Lange Zeit habe ich es so verstanden, daß das einfach die Folge kleinbürgerlicher Vorbehalte gegen die kleinen Händler, die Masse der Leute war. Nach diesem Schema – die dritte Gewalt also. Ich hatte mit diesen Leuten zu tun, mit diesen Nationalkommunisten, die den Juden im Jahre '68 Unrecht zufügten. Und das dem mit mir befreundeten Juden Olek R., dem Dichter. Der Kerl war in Ordnung, völlig verschroben, und gerade ihm wurde Unrecht getan. Sie haben ihn fertiggemacht, der Typ konnte ein halbes Jahr lang nicht mehr sprechen, hatte eine Sprachstörung weg. Sie haben ihn als Menschen und als öffentliche Person in K. vernichtet. Und nicht nur Olek, ganz viele. Diese kommunistischen Nationalisten haben ihn fertiggemacht.

Erinnerst du dich, als wir das Buch bei P. begossen haben? Es gab einen höllischen Streit, weil ich sagte, es gehe hier um die Seele des polnischen Volkes...

...Aber kommen wir zu unseren Juden zurück. Die waren stinkreich, das ist wahr, diese Brüder waren schlecht angesehen, wie sollte es auch anders sein. Die wurden von der kommunistischen Macht gefeiert, überall waren sie auf dem ersten Platz und nahmen das bereitwillig hin. Wie selbstverständlich. Keiner hatte Verstand, denn Goi ist Goi, und wir sind wir, die Auserwählten. Solche Kommis, hol's der Henker. Na ja, die waren Kommunisten, weil sie keine andere Wahl hatten.

Mein Vater arbeitete damals in einem Stadtviertel ziemlich weit weg von dieser Stelle, das war auf so einem Marktplatz aus dem 19. Jahrhundert, sehr schön, dort war die Hauptwache der Wojewodschafts-Feuerwehr. Man muß dazu sagen, daß an diesem Tag der Chef nicht da war, im Licht der späteren Tatsachen, wie sie in den Geschichtsbüchern stehen: Der Polizeipräsident war nicht da, der Hauptmann der Feuerwehr war nicht da, der Chef der Staatssicherheit war nicht da, niemand war in der Stadt. Nur der Wojewode W., der war da. Das war das Handlungsprinzip der Machthaber: Niemand ist da, niemand weiß, wer regiert. Und jetzt sagt mein Vater:

»Wir sitzen im Büro und sehen, daß sich über den Platz eine Menschenmenge wälzt. Vermutlich schleifen die Leute irgendein Jüdchen. Und so schauen wir. Sie grölen. Es fallen Worte wie: Dem Hitler sollte man ein goldenes Denkmal aufstellen, daß er uns beigebracht hat, die Juden zu verprügeln...«, genauso hat mein Herr Papa das gesagt. Die randalieren wie verrückt. Ja, das war so, wie es mein Vater gesehen hat. Und ähnliche Szenen. Herr K., auch ein Feuerwehroffizier, der an dem Tag mit meinem Vater im Büro war, ging nach draußen, um gegenüber Zigaretten zu holen, weil er aber einen schwarzen Schnurrbart hatte und eine vornehme, gutaussehende Erscheinung war, dazu eine Adlernase, wurde er sofort angegriffen. Hätte er die Uniform der Feuerwehr getragen, dann hätten sie ihn sich nicht geschnappt, aber er hatte damals die grüne Uniform der Armee an und eine Offi-

ziersmütze der Feuerwehr, auf der ein Adler war. Die Leute kreischten: »Die Juden sind die Staatssicherheit. Die Staatssicherheit, das sind die Juden.« Damals trug man verschiedene Uniformen, jeder, was er hatte. Ja, also dieser Herr K. wurde angegriffen und konnte nur mit Mühe entkommen. Ja, und dann sah es so aus: Mein Vater, als diensthabender Offizier auf der Hauptwache der Wojewodschafts-Feuerwehr, erhält unterdessen einen Anruf. »Wer ist der Diensthabende?« fragen sie. Na, da meldet sich mein Vater: »Am Telefon.« »Genosse, darf ich Sie bitten, zu mir zu kommen.« Na, da durfte mein Vater zu ihm, aufs Schloß. Er schaut, aber da sind gleich mehrere Typen. »Genosse Oberleutnant, man muß sofort eine Garnison der Feuerwehr nehmen und zu der Menge fahren, die da ist. In der Planty-Straße ist irgendwas passiert. Dort ist eine Revolte. Etwas geht vor. Was ist das für ein Haufen? Juden? Da gibt es nichts zu erklären.« Mein Vater: »Gut, gut, aber wie soll ich das machen, wir sind keine Polizisten.« Sie: »Genosse, besser Wasser als Kugeln.« Na und jetzt die Tatsachen, der Bericht meines Vaters:
»Da bin ich eben zur Wache gegangen, vorher habe ich angerufen, daß ich komme und das Kommando übernehme...«
Mein Vater nahm das alte Auto, das einzige, was sie hatten, einen Fiat Modell 1928, ganz tolles Feuerwehrauto, alter, völlig kaputter Motor. Und sie hatten eine alte Motorspritze, aber keinen Tankwagen, das war also eine Motorspritze zum Anhängen. Sie fragen: »Wie soll das hier gehen?« »Na, ihr schließt halt die Motorspritze an den Fluß an und spritzt los.« Na, da fuhren sie los. Ich habe das von weitem gesehen, von sehr weit, daß die Feuerwehr kam. Ich sah die Khakiuniformen, sie hatten diese amerikanischen Blusen und grüne Helme der polnischen Armee, so waren sie ausgerüstet. Ich renne raus und sehe meinen Vater. Von weitem sehe ich meinen Vater. Ich kriege Angst, weil mein Vater einen rötlichen Bart hat und eine krumme Nase, verdammt, ist ja egal. Ja, die Feuerwehrleute holten dann den ganzen Krempel raus, verbanden ihn, trennten ihn, schlossen ihn an den Fluß an. Bevor alles angeschlossen war, hatte die Menschenmenge sie gepackt, und mein Vater erzählt:

»Na, wir sind kaum mit dem Leben davongekommen. Sie hauten uns in die Fresse. Sie demolierten das Auto. Sie schlugen alles kurz und klein. Wir mußten abhauen, weil wir keine Chance hatten, diese Pumpe mit ihrem Ansaugstutzen im Wasser aufzustellen.«
Ich hatte Angst um meinen Vater, weil sie mich einen Juden schimpften, schlagt ihn zusammen und so weiter. Sie schlugen jeden zusammen, der nur ein bißchen wie ein Jude aussah. Na ja, mein Vater hat noch gesagt... was mein Vater gesagt hat und was ich gesehen habe. Mein Vater sagt:
»Weißt du, ich habe gesehen, daß eine Abteilung der Armee kam. Und zufällig war ihr Anführer ein Jude. Ein Offizier.«
Ich konnte es von weitem nicht gut sehen, er konnte es vielleicht auch nicht gut sehen. Das war vielleicht ein Unteroffizier. Ich sah, daß sie ihre Feldmützen aufhatten. Aber irgendwie habe ich das Gefühl, daß das genau die gleichen unbekannten Täter in Uniform waren wie die, die angriffen. Mein Vater sagt:
»Und da trat ein Soldat raus, ein Sergeant glaube ich, oder ein Unteroffizier, und nimmt seinen Karabiner mit dem Bajonett und erdolcht diesen Offizier: Da hast du's, du Jude.«
Soviel konnte ich beobachten. Ich habe auch gesehen, daß da etwas passierte. Von meiner Seite aus sah ich, daß da auf der anderen Seite des Flusses etwas passierte. Und danach begannen die unseren zu schießen und griffen das Gebäude an. Das war also ein Angriff dieser Armee, oder was immer das war. Wir standen auf der anderen Flußseite, die Pfadfinder standen da und warfen mit Steinen, die Miliz schoß. Ich erinnere mich, daß da die Miliz stand und wie verrückt gegen die im Fenster ankämpfte. Aus dem Bericht meines Vaters: Er sah noch..., denn das ging alles, das geht unheimlich schnell, ich sage das so langsam, aber das passiert, hier kämpfen sie, da passiert was. Und er sagt: Und ich habe soviel gesehen, daß... wie war das noch mit dieser Jüdin? Ah ja, da trat eine Jüdin auf den Balkon und wollte etwas aus ihrem Ausschnitt holen und runterwerfen, sie zog etwas hervor, und im selben Augenblick wurde sie abgeknallt. Sie krümmte sich über das

Geländer und fiel hinunter. Aus ihrem Dekolleté kullerten Granaten raus. Du jüdisches Teufelsweib, du wolltest uns... Klar, wie das war, so was in dem Stil. Na ja, egal. Ja. Ich habe den Sturz dieser Frau vom Balkon gerade nicht gesehen. Aber mein Vater sagte dasselbe, was ich danach gesehen habe. Ich bin meiner Mutter entwischt, abgehauen, ich hatte begriffen, daß da was passiert. Wir wohnten auf der anderen Seite der Planty-Straße, eben in der Sienkiewicz-Straße. Ich lief raus und stand auf der anderen Flußseite. Die ersten Schüsse fielen von der gegenüberliegenden Seite, von der Poale, weil die sich verteidigten. Und die Menge stand da und fluchte. Sie schrie: »Gebt unsere Kinder raus.« Irgendwas in der Art. »Gebt unsere Kinder raus, gebt sie schon her.« Und ein paar Typen schossen, solche in Uniform. Ich habe das gesehen. Sowohl von meiner Seite als auch von der anderen konnte man das sehen. Ich sah eine Abteilung der Armee, oder was immer das war, und ich sah, was sich dort abspielte. Später habe ich gesehen, wie ein einziger Moment den Ausschlag gab, nämlich genau als die Jüdin runterflog. Der Augenblick, den mein Vater beschrieben hat. Danach setzte sich die Menge in Bewegung. Ich sah die Feuerwehrleute, die abhauten. Ich sah meinen Vater und bekam Angst. Ich wollte auf die andere Seite rennen. Die Menge marschierte zusammen mit diesen Soldaten auf das Gebäude los. Auf dem Balkon erschien so ein typischer Slawe, das ist mir im Gedächtnis haften geblieben, ein Blonder mit borstigen Haaren, so ordinär glatten Haaren. Er hielt ein kleines Kind... Und danach passierten dann verschiedene Sachen. Mein Vater hat es gesehen, und ich habe es gesehen. Das war ein Säugling. Aber ich sage noch, was davor war.

Ich ging in die Schule, und man sagte mir, daß man Antek Wawrzek zur Matze genommen hatte. Und noch jemand anders hatte es erwischt. Ich verstand kein Wort. Und dann gab es noch eine Bemerkung im kleinen Kreis. So ein Bekannter meines Vaters, ein Sozialist, sagt: »Ja, ja, immer unsere Stadt, der erste Kader war in K., und auch hier hat K. sich hervorgetan.« Später sagte Pfarrer Kaczmarek, daß bestimmte Schichten der Bevölkerung bevorzugt werden, und das seien jetzt die Folgen. Der Bischof hat das gesagt. Der Pfarrer. Er hat das von der Kanzel auf sehr kleinliche Art quittiert. Auf seine Art hatte er recht, aber in dem Moment fehlte es ihm an Charakter, um sich von dem Verbrechen zu distanzieren. Denn das war ein Verbrechen. Ganz gleich, wie man's nimmt. Die aufgeklärteren Leute in K. nahmen das dem Bischof übel. Jetzt sage ich, was ich in der Schule erfuhr. Also Antek Wawrzek hatte man zur Matze genommen. Frau Wilczkowska, eine ehrliche Wäscherin aus der Starowarszawskie Przedmieście, wusch bei uns und hat das gesagt. Wie sich herausstellte, war sie die Mutter von zwei Kindern, eines schon älteren Mädchens und eines jüngeren Buben, dieses Wilczkowski, wie er mit Vornamen hieß, erinnere ich mich nicht. Józek oder Julek – und dieses Wilczkowski eben. Mit ihm hatte sie ihre Sorgen. Denn ihr Mann war im Gefängnis – als einer der Judenmörder, wie sich später herausstellte. Ursprünglich bekam er zehn Jahre, aber er hat seine Zeit nicht abgesessen. Sie machte sich entsetzliche Sorgen, und schließlich erzählte meine Mutter, was die Wilczkowska ihr gestanden hatte. Denn es ging darum, daß sie Hilfe brauchte. Hier wurde Romek K. gebraucht, der von der Staatssicherheit, der bei uns wohnte. Was er da half, vielleicht half er wirklich, das weiß ich nicht mehr, so genau habe ich Mama nicht gefragt. Anscheinend bat ihn Mama um Hilfe. Als sein Papa gehängt werden sollte, in dem Moment, da gab dieser Wilczkowski zu, wie es gewesen war. Er und noch ein paar andere Jungs waren so ungefähr zehn Tage vor den Ereignissen von jemandem in eine Wohnung gebracht worden. Er weiß weder wo noch von wem. Das war ein achtjähriger Junge, das darf man nicht vergessen. Ja, so war das. Man schlug ihn ins Gesicht, verprügelte ihm den Hintern, und hinterher gab's jede Menge Spuren. Ungefähr zehn Tage lang, vielleicht zwei Wochen. Er wurde festgehalten und geprügelt. Am Schluß wurde ihm dann gesagt: »Jetzt hör zu, du Dreckskerl, du bist von den Juden aus dem Poale-Haus in der Planty-Straße in einem Matzefaß mit Nägeln rumgerollt worden, und von da hast du diese Blutspuren auf dem Körper. Wenn du heimkommst und was anderes sagst, dann werden wir dich Dreckskerl finden und zu Tode

prügeln.« Den Tod fürchtet jeder, ein Kind also auch. Und diese Kerle waren zu zehnt oder zu zwanzig oder mehr, niemand kann das zählen, weil niemand was verrät. Das ist die Angst. Niemand verrät was. Das Kind verrät auch nichts. Erst als Papa gehängt werden sollte... Zwei Tage bevor sich die Leute versammelten, kamen die Jungs zurück. Das war genauestens kalkuliert. Sie kamen nach Hause. Und so ein Junge aus einer Arbeiterfamilie fürchtet sich unheimlich vor seinem Vater, weil da der Riemen ist, da wird nicht lange geredet, Dresche auf den Hintern. Das ist das erste, die Angst vor dem Vater. Das zweite ist, na, er hatte Angst vor jenen und sagte, daß ihn die Juden aus der Poale im Matzefaß herumgerollt hätten. Na, und er zeigte seinem Papa die Spuren. Da ging es rund vom einen zum andern zum dritten. Die Leute kamen alle zusammen.
Der Bericht eines Poliers, abscheulich, sie nannten ihn den Schlagetot, war so: »Da auf den Schienen in Henryków schnappten wir uns so ein Jüdchen«, das wurde während der Mittagspause erzählt, wobei viel Wodka floß, »das Jüdchen schreit, aber wir dreschen auf ihn los. ›Ihr Polen, ich bin unschuldig...‹« Judenmord. Der Maurer Schlagetot. Sehr wichtig.
Was ich gesehen habe, habe ich gesehen. Wie das mit dem Kind ausging, das war für mich so ein Signal, ein schreckliches. Ich kannte ein Mädchen, Basia, ein sehr hübsches Mädchen von vielleicht sieben, vielleicht sechs Jahren. Ich habe mit ihr manchmal im Sandkasten gespielt. Später habe ich dann gesehen, wie sie abgeführt wurden. Er war ein angesehener Kaufmann, der Großvater. Holingman oder so ähnlich hieß er. Sie war Basia Holingman. Ja, und der Großvater konnte nicht gehen, weil er schon alt war. Wir haben das gesehen, wie sie die Juden abführten. Da sprangen die SS-Leute auf den Großvater zu und erschlugen ihn. Basia warf sich auf ihren Großvater, das habe ich von weitem gesehen, wie sie sich über ihn warf und nicht weggehen wollte. Na, da haben sie die Basia abgeknallt. Das habe ich gesehen. Deshalb war der Moment, als das Kind auf dem Balkon kaltgemacht wurde, das war für mich ein schrecklicher Anblick. Aber wie

ging es dann weiter. Ah ja, diese Kerle waren also zu mehreren. Die Sache war genial eingefädelt.
Bei uns zu Hause wohnten zwei von der Staatssicherheit, einer war Romek K., er war ein typischer Jud, ein klassischer Jud. Gekräuselte rötliche Haare, Quadratschädel, ein richtiger Bauernschrank und fett. Dabei sehr sympathisch. Aufgeworfene Lippen, krumme Nase, stark abstehende Ohren, ein typischer, ein hundertprozentiger Jud. Ein Jüdchen, verliebt in die polnische Kultur, aber echt verliebt, einer von der Staatssicherheit. Er war der Sohn einer Frau, die ich später kennenlernte. Sie war die erste wirkliche Dame, die ich in meinem Leben gesehen habe. Sie war die Geliebte eines hervorragenden Arzts in K.; Romek war sein Sohn. Er adoptierte ihn, gab ihn seinen Namen, aber er heiratete sie nicht. Die Mutter drängte Romek, das Ghetto zu verlassen, sie befahl ihm zu fliehen, und selbst blieb sie da. Aber wie sich herausstellte, konnte sie sich retten, und sie trafen sich bei uns zu Hause. Romek war geflohen und hatte sich zu einer Partisaneneinheit durchgeschlagen, er war damals fünfzehn oder sechzehn Jahre alt, von dort wurde er nach dem Krieg als Pole zur Staatssicherheit geschickt. So war sein Schicksal, er überlebte. Er war ein unerhört sympathischer Kerl, er spielte mit mir mit meinen Zinnsoldaten und brachte Schokolade, irgendwie war er sehr kindlich, sehr nett. Na, aber er war einer von der Sicherheit, das muß man sich klarmachen. Romek machte sein Abitur als Externer, innerhalb eines Jahres bereitete er sich vor. Er war verdammt talentiert, er fragte Mama über alles aus, Mama war Lehrerin, deshalb fragte er sie. Und mich fragte er, alle reihum fragte er, er lief von einem zum andern und lernte. Er war vernarrt in die »Steine auf der Schanze«. »Ach, die polnischen Partisanen, die Pfadfinder, wie gerne wäre ich bei denen.« Er hatte einen furchtbaren Akzent. Na, und was er da sonst noch so geredet hat... Ah ja, aus meinem Exemplar von den »Steinen« verlor er ein paar Seiten, ich hing sehr an dem Buch und machte Romek eine Szene. Ein höllischer Krach. Ich konnte wegen eines Buchs eine echte Szene veranstalten. Also hat er aus der Bibliothek der Staatssicherheit ein Exemplar gestohlen, riß die Seiten

heraus und legte sie in meines, damit ich nichts mehr sagen würde. Und dann erinnerte ich mich an so ein Gespräch, zwei oder drei Wochen nach den Ereignissen, irgendwann kam Romek dann zurück. Ich erinnere mich an ein Gespräch mit meiner Mutter. »Frau Sadowa, Frau Sadowa, was haben die gemacht, die haben von unseren Leuten alle weggeschickt, von den unsrigen war niemand da. Was haben die gemacht...« Das war das Gespräch. Mit dem armen Romek. Er wäre so gerne Pole gewesen, ach, wie gerne wäre er Pole gewesen...

Tonbandaufnahme

Anna Łazarska Mein Vater fühlte sich schlecht, er hatte starke Schmerzen. Es war ein nebliger, toter Tag, der siebte November... Ich sagte ihm, daß ich eine Pflegerin engagiert hätte, die Tag und Nacht bei ihm sein werde. Er verlangte von mir, sie umgehend zu entlassen. Er wollte niemanden. Niemanden außer mir... Ich war es gewöhnt, ihm zu gehorchen, deshalb gab ich nach, aber nur zum Schein. Ich tat so, als ginge ich zu dieser Frau, um alles abzusagen, in Wahrheit jedoch fuhr ich zum Flughafen. Ich nahm so gut wie nichts mit, damit er mich nicht mit einem Koffer würde weggehen sehen. Sein Sessel stand beim Fenster, er wollte sehen, wie ich ging und wie ich kam... Am Tag zuvor hatte die Frau von mir die Schlüssel und eine Bankvollmacht bekommen. Ich ging davon aus, daß sie ehrlich war. Sie war mir von jemandem empfohlen worden, dem ich vertraute, genauer gesagt von meinem Mann. Seine jetzige Schwiegermutter arbeitete als Oberschwester in einem Krankenhaus und half, jemanden Passenden zu finden. Es war eine ältere Dame mit einnehmendem Gesicht, auch sie kränkelte im übrigen seit ihrer Zeit im Lager. Sie hatte Sorge, ob sie mit meinem Vater zurechtkommen würde. Trotz seiner kümmerlichen Gestalt brachte ich es oftmals nicht fertig, ihn aus der Wanne zu heben, das dauerte dann eine halbe Stunde und länger. Diese Bäder waren jeden Tag die schlimmsten Momente. Vor meinen Augen mußte er die ganze Hinfälligkeit seines kranken Körpers entblößen, sein Gesicht verkrampfte sich dann, und seine Augen fielen völlig ein. »Ich bin doch ein Teil von dir«, sagte ich, »alles, was mit dir geschieht, betrifft auch mich.« Er gab keine Antwort, er war unversöhnlich in seinem Haß auf die eigene Gebrechlichkeit. Krank vor Mitleid hüllte ich die Falten seiner schlaffen Haut, die wie Lappen an ihm herunterhing, in ein Handtuch. »Ich bin von deinem Fleisch und Blut«, wiederholte ich und versuchte, nicht zu weinen. »Das ist verletzend für dich«, war sein einziger Kommentar zu der gemeinsamen Marter des Bads. Das Problem der Pflege ist eine Begleiterscheinung jeder Krankheit, aber in unserem Fall schob es sich in den Vordergrund. Es war wie eine langsam anschwellende Geschwulst, die eines Tages platzen mußte. Als ich in das Flugzeug stieg, hatte ich die vage Hoffnung, daß dieser Schnitt uns beiden eine Erleichterung verschaffen würde. Die Krankenschwester hatte versichert, daß meinem Vater eine qualifizierte Pflege zuteil würde. Vielleicht vermochten ihre geschickten Hände all diese erniedrigenden Handlungen zu verkürzen. Er hatte Metastasen in der Blase und litt darunter, daß er sein Wasser nicht halten konnte. Es war ein Wunder, daß es mir gelungen war, ihn in die Urologie zu bringen, wo sie durch einen Eingriff die Harnröhre erweitert hatten; sonst wäre er schon nicht mehr am Leben. Man wollte ihn nicht aufnehmen, die Warteschlange war lang und die Erfolgschancen in seinem Fall nicht gut, dazu kam sein vorgerücktes Alter. Eigentlich ein hoffnungsloser Fall. Ich setzte Himmel und Hölle in Bewegung. Weniger den Himmel. Ein Telefonat brachte die Sache in Ordnung. Die Tatsache, daß mein Vater mich einst zu einer Musiklehrerin gebracht hatte, sollte ihm jetzt das Leben verlängern. Ich erreichte eine hochstehende Persönlichkeit, die einmal bei einem Konzert in Wien gewesen war, ich hatte dort einen Preis gewonnen, und er als Landsmann war mit Blumen hinter die Kulissen gekommen. Er hatte mir seine Visitenkarte gegeben. Zum Glück für meinen Vater war er ein leidenschaftlicher Musikliebhaber. Ich erspielte meinem Vater sein Leben auf der Geige, vielleicht aber auch nur einen Aufschub... Ich glaube nicht, daß er mir dankbar war. Er war schon müde, aber nie hätte er sich zu der allerletzten Geste verleiten lassen. Gegenüber derartigen Lö-

sungen verspürte er einen Widerwillen. Einmal nur haben wir über dieses Thema gesprochen. Ich war der Auffassung gewesen, es sei trotz allem ein Akt des Mutes, er, es sei nur Verzweiflung, die den Menschen erniedrigt. Er sagte, daß Menschen beim Sprung aus großer Höhe dies schon in der nächsten Sekunde bereuen würden. Ihr Flug in den Tod sei nichts anderes als die Auflehnung gegen den eigenen Entschluß. Er sagte auch etwas in der Art, daß man nie wisse, ob nicht der Tag, um den man sich bringen wollte, gerade der allerwichtigste im Leben werden sollte... »Selbst in der Todeszelle?« fragte ich. »Selbst dort«, antwortete er. »Dazu müßte man erst einmal dort landen«, stellte ich herausfordernd fest. »Eben.« Auf diese Weise erfuhr ich, wo er sechs Jahre seines Lebens verbracht hatte.
Eines Tages schloß ich mich im Badezimmer ein, ich war dieses Theater um den Tod unsäglich leid, in dem wir beide Schauspielerrollen erhalten hatten, die unsere Fähigkeiten überstiegen. Weinend wiederholte ich: »Ich bitte dich, stirb...«

Ich Das macht Ihnen immer noch zu schaffen.

Anna Ł. Alle zwei, drei Stunden schaute ich bei ihm rein, um sein Bettzeug zu wechseln oder ihn umzuziehen. Im Zimmer hing der Geruch von Urin, vermischt mit Pfeifenrauch, es entstand daraus eine abscheuliche Mischung. Von dem Augenblick an, wo ich die Schwelle überschritt, quälte mich ein Brechreiz. Ich versuchte, ihn zu unterdrücken, aber er sah es. Zu allem Unglück war sein Wahrnehmungsvermögen so wach wie immer, ja, die Krankheit schien seinen Blick noch zu schärfen. Ich konnte mich nirgends verstecken, wenn er mich so verfolgte. Es war der Blick eines Anklägers. Er beschuldigte uns beide. Er wollte mir nichts leichter machen, er quälte sich selbst und quälte dadurch mich...

Ich Warum wurde kein Katheter gelegt, das hätte viel ändern können?

Anna Ł. Er war ungeduldig, ein paarmal hat er ihn unwillkürlich herausgerissen, was die Gefahr einer Blutung heraufbeschwor. Der Arzt sagte zu mir: »Ein ziemlicher Hengst, Ihr Vater« und nahm die Vorrichtung ab.

Ich Und ins Krankenhaus?

Anna Ł. Der Platz wurde für andere gebraucht, außerdem fühlte er sich da nicht wohl.

Ich Aber es hätte Sie befreit.

Anna Ł. Es hätte mich von nichts befreit. Sein Leiden spiegelte sich in mir, fast spürte ich es körperlich, obgleich ich mir darüber im klaren war, daß ich ihm dadurch keine Erleichterung verschaffte. Ich war nur schwächer, weniger geduldig. Meine Überempfindlichkeit richtete in unserem Fall nur Schaden an. Wäre ich imstande gewesen, mich selbst unbeachtet zu lassen, hätte ich nur ihn gesehen... für mich war es eine unangenehme Situation, aber für ihn war es der nahe Tod. Mein Egoismus kam seinem Tod entgegen...

Ich Die Engel will ich sehen...

Anna Ł. Die andern gehen mich nichts an. Seine Stellung, wenn er den Kopf abstützte, dann schob sich der Ärmel hoch, und ich sah seinen jämmerlichen, knochigen Ellbogen. Er durchbohrt mir jetzt das Herz. Denn als ich meinen Vater verließ, wußte ich doch genau, was die Anwesenheit einer fremden Frau für ihn bedeutete...

Ich Sie waren eine gute Tochter.

Anna Ł. Man muß dazu sein Verhältnis zu Frauen kennen. Er war immer sehr charmant, ließ ihnen den Vortritt, schob ihnen den Stuhl zurück, küßte ihnen die Hand, ungeachtet ihres Alters oder ihrer Stellung. So war er bis zum Schluß. Seit der Zeit, als er mich nicht mehr als Kind behandelte, erhob er sich jedesmal, wenn ich ins Zimmer kam. Mit zitternden Händen reichte er mir den Mantel, der Kragen verdrehte sich dabei, es war mir unangenehm. Hätte ich mich nicht gefürchtet, ihn zu verletzen, hätte ich gesagt: »Schenken wir uns das...«, aber ich konnte es nicht sagen, weil das ein Schlag gewesen wäre, den er nicht hätte erwidern können. Wir haben ja auch nie miteinander gekämpft. Wir nahmen bestimmte Rollen ein; zu ihnen gehörte weder allzuviel Grausamkeit noch ein Übermaß an Gefühlsergüssen. Wenn wir uns durch irgend etwas ein Leid zufügten, hieß das, es war nicht anders möglich. Ich war die erste, die etwas tat, das unsere ganze Lebenskonstruktion zum Einsturz brachte...

Ich weiß nicht, ob sich das je wieder in Ordnung bringen läßt...

Ich Ich wiederhole noch einmal, daß Sie eine gute Tochter sind und waren.

Anna Ł. Ich war ein Ungeheuer, mir selbst völlig fremd. Als wäre ich für diese Zeit ausgewechselt worden. Sehen Sie, das Problem erweitert sich um meine dritte Inkarnation.

Ich Sie haben sich lediglich gewehrt. Nichts weiter. Ihr Abwehrsystem hat dafür gesorgt, daß aus Ihrem Mitgefühl nicht Wahnsinn wurde. Das Gehirn setzte ein Sicherheitsventil in Betrieb. Deshalb haben Sie sich von Ihrem Vater entfernt und sind gleichgültig geworden...

Anna Ł. Er war völlig allein. Vielleicht hat es ihm meine Flucht leichter gemacht. Am schlimmsten ist doch Einsamkeit zu zweit.

Ich Zu Unrecht verurteilen Sie ihn und sich selbst. Wichtig ist, was ihr die Jahre über füreinander wart, die Bilanz zählt, immer.

Anna Ł. Ich würde gerne so denken. Ebenso, daß meine Auflehnung nach dem Öffnen der Schublade nicht nur ein Vorwand war, ihn zu verlassen.

Ich So dürfen Sie nicht denken.

Anna Ł. Gäbe es für mich keinen Weg zurück, würde ich mich allzu schuldig fühlen. Jetzt bin ich nur schuldig.

Von der sechsjährigen Anna Łazarska handgemalte Glückwunschkarte

Lang schon gab es kein' Glückwunsch von dem Töchterlein.
Und was ist das? Ein Glückwunsch fein. Oh, gut muß es sein, das Töchterlein.
Witold feiert heute seinen Namenstag zu Haus, er bekommt dafür von einem Mädchen einen Blumenstrauß.
Mit lieben Grüßen legt Anna ihm den Strauß zu Füßen.

Die Łazarska zeigte mir diese Glückwunschkarte. Sie hatte sie Witold Łazarski zusammen mit dem Frühstückstablett überreicht. Er war damals krank gewesen, und sie hatte ihn gepflegt. Sie ging in die Apotheke, machte die Einkäufe und führte den Hund aus. Kein Fremder hatte ja zu ihrem Haus Zutritt. Solange Łazarski krank war, verpflegten sie sich kalt. Normalerweise kochte er und angeblich ausgezeichnet.

Brief von Ewas Mann

Liebe Schwägerin Miriam,
obwohl wir uns noch nicht kennen, habe ich mich entschlossen, Dir zu schreiben, weil ich glaube, daß wir Dir viel verdanken, ich und meine Kinder.
Als der Brief kam, erwachte meine Frau Ewa wie aus einem Traum. Sie sieht die Welt um mich, ihren Mann, und ihre Kinder jetzt anders.
Als ich sie das erste Mal sah, war sie mir so verloren und allein vorgekommen, daß ich gedacht hatte, ich gebe dieser Frau mich selbst und mein Haus, damit sie nur keine solch traurigen Augen mehr hat. Aber die Augen meiner Frau blieben traurig. Sie wußte nicht genau, wo sie war und wer neben ihr stand. Sie ist irgendwo dort in Europa geblieben bei ihrer Familie. Und sie wartet immer nur auf Briefe aus Polen. Sie hat dort einen nahen Verwandten. Auf den Knien würde ich ihn bitten, zu uns zu kommen, aber er hat seine Gründe, daß er ablehnt. Und so leben meine Frau und ich wie zwei sich ferne Menschen zusammen, obwohl ich sie immer sehr geliebt habe. Ich dachte, wenn wir Kinder haben, würde sich etwas ändern. Aber weder Szmulek noch Chaja vermochten es, ihr den Blick von der Vergangenheit abzuwenden.
Ich hatte meine Arbeit; ich habe eine Fabrik für Flugzeugteile, ein paar Betriebe in verschiedenen Städten. Aber es war schwer für mich, nach Hause zu kommen. Die Kinder waren gut versorgt, nur war es, als kümmerte sich eine fremde Frau um sie. Ich habe daran gedacht, mich von ihr scheiden zu lassen und die Kinder zu mir zu nehmen. Ein verheirateter Mann hat doch das Recht auf die Liebe seiner Frau. Aber dann erinnerte ich mich, daß sie mitangesehen hat, wie ein Gendarm ihrer Schwester die Augen ausriß. Mir hat das eine Verwandte von ihr erzählt, denn sie selber sagt überhaupt nichts.
Ich habe sie zu Ärzten gebracht, zu den besten Professoren.

Sie wußten keinen Rat und sagten immer nur: Zeit, Zeit. Diese Zeit ist schon vorbei. Andere haben gelernt, ihr Leben von vorne zu beginnen. Ein Nachbar von uns hat seine ganze Familie verloren, aber jetzt hat er eine neue. Wenn man ihn mit seinen Kindern sieht, denkt man, das seien seine Enkel.
Ich war schon überzeugt, daß es mit unserer Familie nichts wird, bis der Brief kam. Er hat Ewa, meine Frau, verändert. Sie weint, dabei hat sie bisher nie geweint. Sie lacht, dabei haben unsere Kinder nie ihr Lachen gesehen.
Wir alle warten ungeduldig auf Dich. Unser Haus soll Dein Haus werden, in das Du Hoffnung gebracht hast.

Dein dankbarer Schwager
Dawid Seidemann

Tondbandaufnahme

Anna Łazarska Die »Notizen« las ich in einer Nacht. Als ich fertig war, wurde es schon hell. Ich legte mich nicht mehr schlafen. Ich schaute zu meinem Vater rein, wusch ihn, wechselte seine Kleider und bezog sein Bett frisch. Dabei sagte ich ihm natürlich nichts. Ich machte meine Handgriffe wie in Trance. Er bemerkte, daß mit mir etwas nicht stimmte. Er fragte, ob ich eine schlechte Nachricht bekommen hätte. Ich schob alles auf eine Migräne. Schon damals fühlte ich, daß sich mit dem Öffnen der Schublade mein ganzes Leben verändert hatte. Vielleicht war eine Spur von Erleichterung dabei, daß dieser kränkliche Körper, für den es keine Hoffnung mehr gab, keinen direkten Bezug zu mir hatte. Daß ich ihm nicht so viel schuldete, wie ich geglaubt hatte. Aber gleich darauf kam mir der Gedanke, daß ich ihm im Gegenteil mehr schuldete. Weil ich eine Fremde gewesen war. Und weil er dieser Fremden damals seinen Schutz nicht verweigert hatte. Er hatte dreckige Windeln gewaschen, Geschwüre und wundgelegene Stellen versorgt. Jetzt war die Reihe an mir. Das Schicksal zeigte sich gerecht, es gab mir die Chance, die Rechnung zu begleichen. Aber all diese Gedanken waren wie Meteoren, die schnell verglühten. Irgendwann am Schluß schlich sich Angst ein...

Ich Wie sieht das jetzt aus?

Anna Ł. Ich habe eine einzige Aufgabe: zu ihm zurückkehren.

Ich Haben Sie sich schon entschieden? Bei unserem ersten Gespräch...

Anna Ł. Damals war ich noch auf der Flucht, heute bin ich auf dem Heimweg. Damals fühlte ich mich betrogen. Am meisten schmerzte mich wohl die Art, wie er über mich schrieb. Das waren Worte bar jeder Liebe – so dachte ich jedenfalls. Jetzt weiß ich, daß sein Tagebuch im Grunde genommen keine Bedeutung hatte. Er schrieb zu seiner eigenen Verteidigung.

Ich Was meinen Sie damit?

Anna Ł. Diese Gesprächsprotokolle mit Z., ihre Dialogform. So schreibt man gewöhnlich kein Tagebuch, viel eher zitiert man, was jemand gesagt hat, und kommentiert es. Nach langem Kopfzerbrechen kam ich zu dem Schluß, daß mein Vater sein eignes Opfer war. Er opferte sein Leben, um etwas zu widerlegen. Hätte an jener Mauer ein anderes Kind gelegen, hätte er sich nicht nach ihm gebückt. Er hätte irgendeine Ausrede gefunden, und sei es nur, daß er unfähig sei, einen Säugling zu pflegen. Er nahm mich zu sich, um sich selbst zu beweisen, daß er kein Antisemit sei.

Ich Das ist eine heftige Anschuldigung.

Anna Ł. Sie haben mich nicht verstanden. Sind wir denn nicht unvollkommen? Setzt sich unser Leben denn nicht aus lauter Fehlern zusammen? Oft lassen sie sich nicht einmal wiedergutmachen, weil es zu spät ist. Das, was er gemacht hat, war heldenhaft. Er hat ein fremdes Kind großgezogen, obwohl er nie bereit war, eigene zu haben. Ich kann die Behauptung wagen, daß ein in ihm angelegter Ablehnungsreflex gegenüber den Juden für sein Leben bestimmend war. Mir, einem jüdischen Kind, hat er das Leben zurückgegeben. Und bis zum Schluß habe ich kein Wort des Vorwurfs gehört. Er war ein wunderbarer Mensch. Er war so, wie ich ihn immer gesehen habe.

Ich Soweit ich verstanden habe, war eher dieser Z. ein Antisemit.

Anna Ł. Z. hat es vermutlich nie gegeben.

Ich Aber das ganze Tagebuch ... sein erster Teil ...
Anna Ł. So dachte ich auch. Ich wollte diesen Menschen sogar ausfindig machen. Mit dieser Absicht ging ich zur Schwester von Witold Łazarskis Frau. Sie hatte ein ziemlich enges Verhältnis zu ihrem Schwager gehabt, aber sie hat Z. nie getroffen, nicht einmal gehört hat sie von ihm. Niemand Derartiges hat in dem Haus gewohnt. Wir haben allen Mietern nachgespürt. Keine seiner Beschreibungen paßte. Es wohnten dort Familien, einen alten Junggesellen gab es nicht.
Ich Er konnte in Untermiete gewohnt haben.
Anna Ł. Theoretisch ja. Ich bin allerdings geneigt anzunehmen, daß dieser Z. das *alter ego* meines Vaters war.

Aus den Aufzeichnungen von Anna Łazarska
Vielleicht war dieser Besuch ein Fehler. Nach so vielen Jahren brachte ich Unfrieden ins Haus dieser Frau. Es war früh am Vormittag, aber ich traf sie mit einem leichten Rausch an. Ich denke, das ist wohl schon die Regel. Sie ist allein, sie sieht alt und schlecht aus. Eine unangenehme Überraschung nach dem, wie ich sie in Erinnerung hatte. Damals war sie hübsch und elegant gewesen. Der leicht ironische Gesichtsausdruck hatte ihr einen besonderen Reiz verliehen. Sie hatte wie eine unabhängige Frau ausgesehen. Welch eine Täuschung.
Sie freute sich nicht über mein Kommen, doch unterhielt sie sich mit mir, später verlor sie plötzlich die Fassung, vielleicht war es auch einfach das nächste Glas, die ganze Zeit trank sie und schenkte auch mir ein. Sie fing an zu schreien.
»Dich hat er genommen! Aber unser Kind wollte er nicht, er ließ es beseitigen, dieses Ungeheuer, Ungeheuer!«
Sie wußte nicht, wer ich wirklich war, doch war ihr klar, daß ich nicht seine Tochter war. Sie erzählte mir von einem Gespräch mit der Familie. In K. lebten ja ihre Mutter und ihr Vater, unter anderen Umständen hätte ich also Großeltern haben können, Łazarski hatte sie besucht, als wir in die Stadt gekommen waren. Er sagte, daß er auf seine Frau warte. Er erwähnte, daß er ein Kind bei sich habe. Sie stellten ihm Fragen, doch er gab keine näheren Erklärungen. Er sagte, daß er

sie Irena geben werde. Sobald sie zurückkomme. Sie ist nie zurückgekommen.

Tonbandaufnahme

Anna Łazarska Die Lektüre des Tagebuchs meines Vaters zerstörte jene Ordnung in meinem Leben, die zu schaffen mich so viel Mühe gekostet hatte. Schon seit geraumer Zeit fühlte ich eine Ablehnung gegen die Abhängigkeit vom eigenen Körper. Ich steckte in ihm ohne die geringste Chance, mich dagegen wehren zu können. Ein gewöhnlicher Tick im Auge konnte der Auftakt zu einer Tragödie sein, wie sie ein Schlaganfall ist. Es kam so weit, daß ich Verhandlungen mit der Materie führte, während ich selbst etwas sehr viel Edleres war. Ich horchte auf den Rhythmus meines Körpers und war beispielsweise meiner Leber dankbar, daß ich nicht genau wußte, wo sie war! Meist nachts, wenn ich nicht schlafen konnte, machte ich diese Inventur, plötzlich erschreckt und verunsichert. Geht es gut? Ist alles in Ordnung? Ist noch keine neue Zelle aufgetaucht, die der alten die Daseinsberechtigung nimmt? Ich war es, die das größte Interesse daran hatte, und doch würde ich als letzte von dieser Neuigkeit erfahren, dann, wenn sie mir Schmerzen bereiten würde...

Ich Das heißt nur, daß Sie kein gewöhnliches Säugetier sind, sondern noch eine unsterbliche Seele haben. Demgegenüber müßte der empfindlichste Schmerz eine Lappalie sein...

Anna Ł. Sie machen sich über mich lustig... Ich versichere Ihnen, daß es sich mit so einer Phantasie schwer lebt. Vielleicht ist das nicht einmal meine Phantasie, sondern die meines kranken Herzens. Es war, glaube ich, Céline, der geschrieben hat, daß es Menschen gibt, die im letzten Augenblick sterben, und solche, die ihr Leben lang sterben. Ich gehöre mit Sicherheit zu letzteren.

Ich Da haben Sie sich aber einen Namen ausgesucht!

Anna Ł. Er war ein wirklicher Schriftsteller.

Ich Und ein schlechter Mensch.

Anna Ł. Ich bitte Sie, bisher habe ich unter einer Glocke gelebt, jetzt bin ich herausgekommen, und ich sehe viel. Zum Beispiel, daß die Welt einen eisernen Magen hat. Sie hat die

Verbrechen des letzten Krieges zerkaut, zu einem Brei zermahlen und von sich gegeben. Man kann wieder von vorne anfangen. Mit diesen oder mit anderen Menschen, falls jene in der Zwischenzeit gestorben oder ihnen, alt geworden, nach und nach die Zähne ausgefallen sind.

Ich Ganz so ist es aber nicht.

Anna Ł. Die Welt hat schon kein Interesse mehr. Interessiert bin ich. Für mich hat der Krieg in einer bestimmten Nacht vor einigen Monaten begonnen.

Aus den Aufzeichnungen von Anna Łazarska

Władeks berühmter Besuch im Kinderheim. Berühmt, weil er nicht nur das ganze Heim auf die Beine brachte, sondern auch die nächstgelegene Armeeinheit und Polizeistation.

Władek tauchte eines Tages auf und fand mich krank im Bett auf der Isolierstation. Wie üblich hatte ich es am Hals. Es war eine der häufigen eitrigen Entzündungen.

Niemand konnte später erklären, wie es gekommen war, daß der Junge auf das Gelände des Kinderheims gelangt war und mich unbemerkt auf der Isolierstation gefunden hatte. Er holte mich auf der Stelle aus dem Bett. Er sagte, daß es einen nur schwäche, wenn man unter der Decke liege, und schlug vor, einen Spaziergang an der frischen Luft zu machen. Ich war im Schlafanzug, ich malte ihm deshalb den Plan meines Zimmers auf und vermerkte die Lage meines Betts und des Schranks, in dem sich meine Kleider und Schuhe befanden. Er kam recht schnell zurück und hatte kein Detail meiner Garderobe vergessen. Ich zog mich an. Er führte mich durch die Küchentür hinaus. Dort stießen wir auf jemanden vom Personal, ich glaube, auf die Küchenhilfe, kein besonders aufgewecktes Mädchen. Sie fragte, wohin wir gingen. Ich konnte damals Władeks ganze Schlagfertigkeit bewundern.

»Die Pfanne will, daß wir die Abfälle zu den Schweinen bringen«, sagte er, und es bleibt ein Geheimnis, woher er wußte, daß wir die Köchin so nannten.

Wir verdanken es dem Intelligenzquotienten der Küchenhilfe, daß die nächste Frage ausblieb: »Und wo sind die Abfälle?«

Bald befanden wir uns außerhalb der Umzäunung. Ich war selig. Und auch völlig gesund, keine Halsschmerzen, ich glaube, nicht einmal Fieber. Wir schwatzten den ganzen Weg und fielen uns gegenseitig ins Wort. Es war ja seit unserer Trennung so viel geschehen. Im Städtchen lud Władek mich ins Restaurant ein, eigentlich in eine miese Kneipe, wo auf den Tischen schmutzige Tischtücher lagen und in den wahrscheinlich seit Wochen nicht geleerten Aschenbechern sich Zigarettenstummel verschiedener Länge türmten. An der Theke standen ein paar Fuhrleute in dicken, wattierten Jacken und Filzstiefeln. Das Büffetfräulein, das gleichzeitig auch als Kellnerin fungierte, schenkte ihnen nach. Als praktische Person hatte sie es aufgegeben, die Flasche zu verstekken, und hielt sie auf der Theke in Bereitschaft. Sie erschien lange nicht an unserem Tisch, und als sie dann mit trägen Schritten kam, spürte ich den Geruch von Wodka, der von ihr ausging. An warmen Speisen gab es nur Bigos. Wir bestellten zwei Portionen und dazu Orangeade. Und wieder verging einige Zeit, bevor auf unserem Tisch zwei abgesprungene Teller mit einem rotbraunen Matsch und das Getränk in einer Flasche auftauchten. Gläser gab es keine, weil alle schmutzig waren. Wir tranken, indem wir den Flaschenhals an der Innenhand abwischten. Ich hatte sogar gewisse Skrupel, daß ich Władek anstecken könnte, aber er meinte, daß er gegen Pest und Cholera gefeit sei. Er drängte mich auch, als er bemerkte, daß mir der Bigos nicht gut runterging.

»Du brauchst Kräfte vor der Fahrt«, sagte er.

»Vor welcher Fahrt?« wunderte ich mich.

»Ich nehme dich mit«, erwiderte er mit entschlossener Miene, »du bist keine Waise. Du hast mich.«

Das Argument überzeugte mich. Ich fragte nur, ob Herr Brzózka davon wisse.

»Er hat mich selbst dazu überredet«, behauptete Władek, ohne mit der Wimper zu zucken. »Fahr zu ihr, sagte Papa, warum soll sie sich bei Fremden rumtreiben.«

Er hatte sich das so im Moment ausgedacht, doch ich war sehr gerührt.

»Weißt du, wir haben hier so ein ekliges Walroß«, beklagte ich mich. »Sie schlägt die Kinder.«
»Soll sie dich nur schlagen, dann mach ich Schmalz aus ihr«, gab er zurück.
Ich schaute voll Bewunderung auf Władek. Er war für mich mehr als ein Held. Er war als ein Bote aus dem Märchenland erschienen. Nichts wünschte ich mir sehnlicher, als nach K. zurückzukehren.
Die Zeit, die uns bis zur Abfahrt des Zugs blieb, vertrieben wir uns auf einer Schlitterbahn. Ich hatte so ein Gefühl, daß es nicht gut sei, meine sowieso schon dünnen Sohlen zu strapazieren, aber es war mir egal. Der Spaß beim Schlittern dämpfte meine Gewissensbisse. Auf dem Bahnsteig waren wir dann ein paar Minuten vor der Zeit. Gleich darauf kam der Zug. Die Lokomotive fauchte und stieß Dampfwolken aus. Wir nahmen den letzten Waggon, zur Sicherheit. Beim Einsteigen war mir etwas schwindelig. Ich konnte kaum glauben, daß es geklappt hatte und daß ich am nächsten Tag nach dem Umsteigen, denn es war eine lange Reise, in K. aussteigen würde. Aber Władek hatte mir ein paar Sachen verschwiegen, auch, daß wir schwarzfahren würden. Der Schaffner interessierte sich für uns und setzte uns bei der nächsten Station an die Luft. Ich verbrachte ein paar Stunden unter der Bewachung des Fahrdienstleiters. Später tauchte dann ein Jeep auf, der mich ins Kinderheim brachte. Ich kam auf die Isolierstation zurück. Die Krankheit machte sich sofort bemerkbar. Mich heilte das Glück, dessen Gegenstück in Trugbildern und im Fieberwahn versank. Mir schien, daß mein Vater im Zimmer sei. Daß er auf mich zukomme und mir etwas sage. Ich wünschte mir so sehr zu verstehen, was er von mir wollte. Ich strengte meine Sinne bis zum äußersten an, doch die Gedanken waren schwer, als hätte jemand Gewichte an sie gehängt. Ich antwortete meinem Vater, ohne seine Fragen zu verstehen: »Ich werde jetzt sehr brav sein. Ich gehe nie mehr mit Władek weg, aber du bleib hier bei mir...«
Die Frau, aus der Władek versprochen hatte, Schmalz zu machen, sollte mir bis zum Schluß vorhalten, daß ich ausgebüchst war.

Tonbandaufnahme

Ich Man kann den Menschen keinen Vorwurf daraus machen, daß sie den Krieg satt haben. Die Zeit verwischt alle Erlebnisse, die guten wie die schlechten. Man muß das als Wohltat ansehen. Andernfalls wäre ein Leben überhaupt nicht möglich. Sogar Ihr Vater schrieb, daß man nicht zurückkommen darf, wenn man normal leben will, als er nach dem Aufstand Warschau verließ. Und er ist nicht zurückgegangen. Erst nach Jahren, als die Zeit ihm dies möglich machte.

Anna Łazarska Vielleicht auch nur die Menschen. Ihm wurden sechs Jahre aus seinem Leben gestrichen. Als er im Gefängnis saß, war er ein siebenundvierzigjähriger, jung aussehender Mann, als er rauskam, war er über fünfzig und schon stark ergraut, mit Säcken unter den Augen. Seine Jugend war zwischen den vier Wänden seiner Zelle verlorengegangen. Sein Gang hatte sich verändert. Vor seiner Verhaftung nahm er die Treppen im Laufschritt, danach stieg er sie nur noch hinauf. Er hatte sich vorgenommen, ein sportliches Leben zu führen, und er hatte allen Grund dazu: Er war ein Muster an Gesundheit und körperlicher Leistungsfähigkeit. Seine Mitmenschen mühten sich nach Kräften, damit es ihm nicht allzu gut erging...

Ich Na ja, diese beiden Pole muß es geben, den Pluspol und den Minuspol, sonst gäbe es kein Magnetfeld, es gäbe dann gar nichts. Wenn die Katze nicht die Mäuse finge, würden die die Welt kaputt machen.

Anna Ł. Deutsche Logik.

Ich Einfach eine Schlußfolgerung. Wir leben in einem bestimmten Kontinuum und bringen unsere Existenz zum Ausdruck, um dann abzutreten.

Aus den Aufzeichnungen von Anna Łazarska

Mein Herz, das nach der im Kinderheim überstandenen und nicht ausgeheilten Angina geschädigt war, machte sich bemerkbar, aber irgendwie konnte ich doch leben. Bis zum Augenblick einer völlig alltäglichen Grippe. Eine Operation wurde notwendig. Und nach den Worten des Professors war

Eile geboten. Mein Vater war jedoch dagegen, mich ins Krankenhaus zu geben. Er beharrte darauf, daß ich in England operiert werden müßte. Das war mit enormen Ausgaben verbunden. Er sagte, daß er das Haus verkaufen würde und, soweit notwendig, Einsparungen machen würde. Er unternahm sogar schon gewisse Schritte. Zum Glück fand sich eine andere Lösung. Im Gesundheitsministerium arbeitete ein ehemaliger Mitgefangener meines Vaters in hoher Stellung. Dank seines Einflusses trug der Staat die Kosten der Operation.

Im Herbst '58 reisten wir nach London, das mir als düstere, neblige Stadt in Erinnerung geblieben ist. Ich mag sie bis heute nicht. Die Klinik war hell und sauber, das Personal freundlich, alle meine Wünsche erfüllte es mit einem Lächeln. Ich hatte Angst. Ich glaube, daß auch er Angst hatte, doch sprach er mit mir nicht darüber. Am Vorabend der Operation saß er an meinem Bett und las mir »die Pickwickier« vor, das Buch, aus dem wir traditionell ein Kapitel an Heiligabend lasen. Diesmal hatten wir es mitgenommen. Und nicht ich las, sondern er. Als die Krankenschwester ihn bat, das Zimmer zu verlassen, weil es schon spät war, stand er auf:

»Ich hoffe, wir sehen uns bald wieder«, sagte er.

Ein ehrlicher Satz. Keine Versicherungen, daß es gut gehen würde, daß es kein allzu schwieriger Eingriff sei. Er war kompliziert, und wir wußten das. Man durfte sich gegenseitig nichts vormachen.

Tonbandaufnahme

Ich Ohne das ernst zu meinen, haben Sie gesagt, daß Sie Ihren Mann deshalb geheiratet hätten, weil er ein guter Skifahrer war. Was konnte das für eine Bedeutung haben, wo Sie ihm doch keine Gesellschaft leisten konnten?

Anna Łazarska Ich stellte mir vor, er und mein Vater würden zusammen fahren. Ich sah mir alle Skiwettkämpfe im Fernsehen an und dachte, daß beide hervorragend fahren. Mein Herz schwoll mir vor Stolz, nur gut, daß es solide englische Nähte hatte... Vielleicht klingt das komisch, aber ich habe es mehr bedauert, daß ich nicht Ski fahren kann, als daß es mir nicht erlaubt war, ein Kind zu bekommen. Meine einzige Abfahrt vom Kasprowy mit meinem Vater war ein unvergeßliches Erlebnis. Ich hatte Angst, aber trotzdem vertraute ich ihm, weil er gesagt hatte, ich würde es schaffen. Ich stieß mich mit den Stöcken ab und stürzte mich hinter ihm her in den Abgrund. Es war neblig, ich sah nicht, was unten war, aber ich bildete mir ein, daß es mörderisch steil abwärts ginge. Und genauso war es für mein Herz...

Ich Nahmen Sie es ihm übel, daß er Sie immerhin doch in Gefahr gebracht hat?

Anna Ł. Nein, diese Abfahrt mit ihm bewahre ich bis an mein Lebensende in meinem Gedächtnis. Als ich mich schon nicht mehr so verkrampft hielt und es wagte, mich umzusehen, erspähte ich die Silhouette meines Vaters. Ich sah, wie herrlich er fuhr, und das tat mir richtig weh. Ja, diese Begeisterung tat weh...

Ich Das Herz tat Ihnen weh.

Anna Ł. Aber nicht so, wie Sie denken.

Aus den Aufzeichnungen von Anna Łazarska

Ich besorgte mir die Adresse des alten Schriftstellers. Er hat mir gesagt, wer ich bin. Ich fürchtete mich vor diesem Menschen, er schaute mich auf so eigenartige Weise an. Er sah in mir eine Vertreterin seines ausgerotteten Volkes. In mir erweckte das Widerspruch... ich habe mich noch nie als solche empfunden. Seine Augen in einem Netz von Fältchen waren irgendwie unvorstellbar gut. Ich hatte das Gefühl, Liebe in ihnen zu entdecken. Das beschämte mich und machte mich mutlos. Er sagte, er sei zweiundneunzig Jahre alt und würde bald sterben...

Nach dem ersten Besuch war ich lange nicht mehr bei ihm. Als ich wiederkam, hatte ich schon ein paar Fragen. Ich wollte erfahren, wie meine Eltern umgekommen waren.

Zuerst erzählte er von meiner Mutter. An dem Tag, als mein Vater mich in seine Jacke wickelte und vor die Mauer trug, sprang sie aus dem Fenster. Der alte Schriftsteller war damals bei ihr und ließ es geschehen. Sie verkündete ihm:

»Meine Kinder sind weggegangen, und ich gehe auch.«
Ich machte ihm den Vorwurf, daß er sie nicht zurückgehalten hatte. Er schüttelte abwehrend den Kopf.
»Deine Mutter war nicht zurückzuhalten«, sagte er.
Er versprach, mir die Stelle zu zeigen. Mir schien das wichtig, sehr wichtig, als ob ich auf diesem Fleck, an dem einst ihr Blut geklebt hatte, eine Lösung finden würde. Aber als ich dann mit ihm dorthin ging – er wollte kein Taxi nehmen –, fühlte ich mich unaussprechlich. Die Leute schauten uns nach. Inmitten der modernen Straßen und Wohnblocks wirkte der alte Schriftsteller wie ein Gespenst aus der Vergangenheit, das sich verirrt hatte. Eine gebeugte Silhouette im schwarzen Kaftan, das Käppchen, der lange graue Bart und die Schläfenlocken.
Das Haus war nicht erhalten geblieben, das Pflaster war durch Asphalt ersetzt worden, aber er wußte, wo die Stelle war. Ich legte ein Blumengebinde nieder und fühlte mich zusehends schlechter. Schaulustige fanden sich ein, und jemand fragte sogar, ob ein Film gedreht würde. Wieder regte sich in mir der Wunsch zu fliehen. Erleichtert geleitete ich den alten Mann nach Hause und versprach, bald wiederzukommen, ich hatte es aber nicht vor.
Dieser Mensch vervollständigte das Bild der Irrealität, in dessen Rahmen mich irgendeine Kraft hineinzwingen wollte. Ich wehrte mich, ich sträubte mich, doch etwas zog mich an. Das war schon kein reines Aufbegehren gegen die vielen Jahre des Betrugs mehr, das war der Wunsch nach Erkenntnis.
Die Augen voller Liebe begrüßten mich. Diesmal fragte ich, woher mein Vater gewußt hatte, daß ich mich dereinst melden und nach diesem Gebetbuch fragen würde. Er war jünger als der alte Schriftsteller und hatte die besseren Überlebenschancen.
»Er ließ das Gebetbuch zurück, als er zum Umschlagplatz ging.«
Meine nächste Frage:
»Warum hatte er, wo er mich doch erkannt hatte, sich nicht bemüht, mit mir Kontakt aufzunehmen.«

Seine Antwort:
»Jeder muß sein Schicksal selber suchen.«
»Das ist Zufall, daß ich hierher gefunden habe.«
»Es gibt keine Zufälle.«
»Ich hätte mich mit diesem Stückchen Zeitung bei jemand anderem melden können.«
»Es gibt niemand anderen.«
Mich irritierte diese unerschütterliche Gewißheit, und die Augen, die Nähe verlangten, beunruhigten mich. Immer wieder ging ich weg und kam dann wieder zurück. Er wußte, daß ich daran dachte, zu meiner Schwester zu fahren. Er freute sich.
»Ihr solltet zusammen sein«, sagte er.
Schließlich fragte ich ihn, warum er an jenem Tag, als man mich vor die Mauer brachte, bei meinen Eltern war. War das Zufall?
Er lächelte.
»Ewa, deine Mutter, war meine Tochter.«
Zuerst drang das nicht zu mir durch, aber dann begriff ich plötzlich. Ich riß mich los. Ich rannte hinaus, ohne meine Handschuhe und meinen Regenschirm mitzunehmen. An dem Tag regnete es.
Alles konnte ich mir vorstellen, aber nicht das. Ich hatte mich doch nach ihm gesehnt, ich liebte ihn von der Fotografie in dem Album. Er hatte das Aussehen eines typischen polnischen Edelmanns. Er war Kavallerist gewesen, vernarrt in Schlagwaffen, er hatte sie sogar gesammelt. Er war Wirklichkeit gewesen. Er hatte mir während meiner gesamten Kindheit ein Gefühl der Sicherheit vermittelt. Er war mein geliebter, wenngleich toter Großvater. Hätte er gelebt, hätte er mich auf den Schoß genommen und mir Märchen erzählt. Wie das alle Großväter tun. Aber ihn hatten die Deutschen erschlagen. Wenig romantisch im übrigen. Er saß in dem Holzhäuschen mit dem Herzen in der Tür, die Hosen hatte er heruntergelassen. Eine Maschinengewehrsalve hatte ihn durchsiebt. Als ich kleiner war, hatte man mir gesagt, Großvater sei wegen seiner Zusammenarbeit mit dem Untergrund umgekommen. Später korrigierte mein Vater das ein wenig.

Er haßte Mythen. In gewisser Weise hatte mein Großvater mit dem Untergrund zusammengearbeitet. Manchmal hatten Partisanen bei ihm übernachtet.

Tonbandaufnahme
Ich Sie haben sich selbst um Ihren Vater gekümmert. Und was war mit Ihrer Arbeit?
Anna Łazarska Ich bin nicht zu Konzerten gefahren. Ich hatte mich entschlossen, bis zum Ende bei ihm zu bleiben. Die Ärzte sagten, er werde an diesem Krebs langsam sterben.
Ich Aber das konnte dauern.
Anna Ł. Ich wollte, daß es dauert. Selbst in den Augenblikken der Auflehnung war es mir unvorstellbar, daß es ihn tatsächlich nicht hätte geben können. Das ist wie mit einem Verliebten, man sagt ihm, daß ihn seine Braut verlassen hat, aber er glaubt es nicht. Wie Sie wissen, lag das Problem woanders, ich mußte in einen mir bisher vorenthaltenen Lebensbereich meines Vaters eindringen. Ich machte einige Versuche, einen Pfleger zu finden, doch es meldeten sich ausschließlich Frauen. Am Ende blieb eine Frau bei ihm...
Ich Haben Sie mit dem alten Schriftsteller über Ihren Vormund gesprochen?
Anna Ł. Einmal habe ich es versucht. Er antwortete, das sei ein Fremder, und wollte es nicht hören.
Ich Tat Ihnen das leid?
Anna Ł. Ja, das tat mir leid.
Ich Ohne ihn gäbe es Sie vielleicht nicht.
Anna Ł. Der alte Schriftsteller glaubt nicht an Zufälle. Es war mir bestimmt zu leben. Er kaufte sich ein Fernsehgerät, nur um mich darin zu sehen. Er kann fast kein Polnisch, ich mußte langsam sprechen und viele Male wiederholen. Oft hatte ich den Eindruck, er verstünde nicht alles...
Ich Sein Glaube, er würde Sie einmal sehen. Sie hätten nicht Geige spielen müssen.
Anna Ł. Seiner Meinung nach mußte ich.
Ich Ein schönes Märchen.
Anna Ł. Aber es ist doch eingetreten.

Ich Hinterher.
Anna Ł. Schon vorher hatte er meiner Schwester geschrieben, daß ich eines Tages zu ihr kommen würde. Er ist wohl geblieben, um auf mich zu warten.
Ich Er hätte Sie im amerikanischen Fernsehen sehen können.

Aus dem Tagebuch von Witold Łazarski
Das jüdische Problem in Polen läßt sich nicht losgelöst von der Geschichte dieses Landes betrachten. Ohne deren tragischen, in Mäandern verlaufenen Gang hätte es eine solch breite Ablehnung der Existenz dieser größten Minderheit nicht gegeben, die sich in jeder Situation besser zurechtfand, vermögender und gewitzter war oder vielleicht auch nur fähiger. Hier stellt sich das Problem des einen Brötchens, das geteilt werden muß. Nehmen wir die dreißiger Jahre, als die Hydra des Antisemitismus bei uns ihr Haupt erhob. Krise! Über das jeweilige Schicksal beider Völker entschied eine falsch gestellte Frage: nicht »wie?«, sondern »mit wem?« teilen. Später, im März, war es dasselbe. Gebt uns unsere Ehre und unsere Positionen wieder! In der Tat, wie soll sich ein Hungriger verhalten, wenn ihm jemand sein Brötchen aufißt? Doch ist das wirklich sein Brötchen? Das Tragischste ist, daß das Verlangen, den Konkurrenten loszuwerden, die Grenzen der, ich würde nicht zögern zu sagen: Menschlichkeit überschritt. Und hier unsere Intellektuellen, gutherzige Menschen, die zu beweisen suchen, daß es den Antisemitismus in Polen nicht gibt und sogar niemals gegeben hat. Aber bitte, meine Herren, ihr verwechselt Wunschdenken mit Realität! Es gibt ihn, es gibt ihn sogar ohne Juden. Sogar jetzt, wo es schon keine Juden mehr gibt. Kürzlich setzte mir ein einfacher Mensch seinen Standpunkt auseinander:
»Es heißt, wir seien schlecht zu den Juden gewesen, doch wie wären sie gewesen, wenn ein paar Millionen von uns Israel überschwemmt hätten? Die Hölle wäre losgewesen, und recht hätten sie gehabt. Sie haben ein kleines Land. Wir hatten auch ein kleines; in Amerika, da verlieren sich Pole und Jude, aber auf diesen paar Metern kommt sich der Mensch dauernd

in die Quere. Na, und irgendwann hatte er dann genug, denn wer lebt hier denn wirklich, wir oder sie? Ich sage Ihnen aber auch, daß es mir ein bißchen leid tut. Niemand ist da, mit dem man jetzt feilschen kann, auf den man schimpfen kann.«
Wir unterhielten uns im Zug, der Mann starrte versonnen durchs Fenster.
»Wissen Sie«, fuhr er fort, »für mich hat der Krieg damit angefangen, daß ich beobachtete, wie ein deutscher Offizier einen ergrauten, bärtigen Juden vom Fahrrad stieß. Er packte den Alten am Bart und fing an, ihn ihm auszureißen. Das Blut tropfte wie rote Perlen auf die Kleider. Und ich, bitte schön, ich habe diesen Alten geliebt...«
Wieder starrte er gedankenverloren aus dem Fenster.
»Wie verstehen Sie das Sprichwort: ›Schlägst du meinen Juden, dann schlage ich deinen‹?«
Er wandte mir den Kopf zu.
»Nirgendwie«, sagte er schlicht.
Man könnte unsere Elite verstehen, wenn da nicht die Tatsache wäre, daß eine solche Einstellung den Organismus nicht heilt, in dem ein akuter Eiterherd lauert – zum Glück bricht er allerdings nur selten auf. Einzig Wyka, der Krakauer Professor, zögerte nicht zu bekennen, daß der Hitlerismus bei uns sein Kuckucksei gelassen hat. Genauso ist es!
Man darf auch nicht vergessen, warum sich die Juden so zahlreich in Polen eingefunden haben. Sie wurden angelockt, weil es hier religiöse Toleranz und keine Verfolgungen gab. Ihre Situation verschlechterte sich nachgerade proportional zur Situation der Polen selbst. Ja, und dann nimmt die Bedeutung der Kirche zu, das würde ich nicht unterschätzen. Was soll man da verheimlichen, wir Polen sind nur so weit tolerant und großherzig, wie es unsere Situation erlaubt, oder vielleicht anders: wir Menschen!
All das bewirkte, daß es zu der weitverbreiteten Überzeugung kam, der Platz der Juden sei außerhalb unseres Landes. Die bekannte Parole »Die Juden nach Madagaskar« klingt noch in den Ohren.
(Anmerkung der Łazarska:) »Wem? Bevor ich begriff, was es heißt, Jüdin zu sein, verspürte ich Erleichterung darüber,

daß ich keine Polin sein mußte. Aus vielerlei Gründen... Bedauern auch, ja natürlich auch Bedauern... ich nahm meinen polnischen Hintergrund sehr viel ernster als mein Vater. In Geschichte hatte ich immer eine »Eins«, und im Unterricht war ich aktiv, wodurch ich meinem Lehrer, dem geliebten Herrn Sliwowski, einem unvergeßlichen Menschen, viel Kopfschmerzen bereitete. Er erteilte mir nichtssagende, oft ausweichende Antworten, in der Pause faßte er mich dann am Ärmel: »Anna, willst du, daß die traurigen Herren zu mir kommen und mich abführen? Was soll ich dir denn auf deine Fragen antworten?« »Die Wahrheit, Herr Lehrer.« »Weißt du denn, daß der Bruder unseres bekannten Pianisten, der Journalist, in seinem Kommentar zu einem kurzen Film über den Warschauer Aufstand sagte, daß in diesem Aufstand die Hauptkraft die kommunistische Volksarmee gewesen sei?« »Aber Sie sind kein Journalist, Sie sind Pädagoge.« »Also bleibt mir nur die Wahl, nicht mehr Pädagoge zu sein, oder...« Und er führte den Satz nicht zu Ende, er erschrak selbst davor, was das »oder« bedeuten würde. Ja, als Geschichtslehrer hatte er kein leichtes Leben, die Geschichte wandelte sich vor seinen Augen wie ein Chamäleon. Schließlich schaffte er es nicht mehr, ihr zu folgen. Er wurde wegen Erscheinens zum Unterricht in betrunkenem Zustand entlassen.
Mein Vater hatte allem gegenüber eine Distanz, außer gegenüber der »jüdischen Sache«. Das gab mir zu denken, als ich seine Notizen las. Diese Sache füllte nachgerade sein Leben aus. Und ich natürlich. Aber ich war eng mit ihr verbunden.«

Aus dem Tagebuch von Witold Łazarski

Das alles verpflichtet, man muß Stolz empfinden, muß sich gewisser Dinge schämen (damit sah es bei uns schon schlechter aus). Gern gesehen ist das Beten vor einem Porträt Piłsudskis. Alle seufzen sehnsüchtig: Ach, die Zwischenkriegszeit, ach, die Sanacja. Aber was für eine Zeit war das wirklich? Eine Vergeudung von Hoffnungen. Es ist erstaunlich, daß auch diejenigen der Sanacja nachweinen, deren Lage damals viel schlechter war als jetzt. Megalomanie?

Tonbandaufnahme

Anna Łazarska Am schlimmsten war es immer morgens. Ich erwachte als Anna Łazarska, aber irgendwo am Rand wartete schon die andere. Wissen Sie, wenn ich ehrlich sein soll, ich liebte sie nicht besonders, ja, ich hatte wohl sogar Angst vor ihr. Sie war zu spät aufgetaucht und nur, um mir das Leben komplizierter zu machen. Dabei war es auch so schon kompliziert genug. Immerhin schied langsam der einzige Mensch aus dem Leben, bei dem ich Halt fand. Eine Zukunft ohne ihn würde zwangsläufig eine Zukunft ohne irgend jemanden sein.

Ich Aber gerade die zweite brachte eine Familie mit, einen Großvater, eine Schwester und andere Verwandte.

Anna Ł. Das wäre zu einfach. Bevor ich so denken könnte, müßte erst etwas Zeit vergehen. Vor allem aber müßte die Sache mit Witold Łazarski gelöst werden.

Ich Verzeihen Sie den Ausdruck, aber sie ist dabei, sich zu lösen, und zwar endgültig.

Anna Ł. Genau damit konnte ich mich nicht abfinden. Daß er von der Bühne abtritt, damit andere auftreten können. Er war immer dagewesen, soweit meine Erinnerung reicht, und mit ihm verband sich alles, was ich erlebt hatte. Ohne ihn bekam die Welt eine bedrohliche Färbung, wie vor einem Sturm. Dabei hat mich im Leben die Angst vor zwei Dingen verfolgt: vor dunklen Zimmern und vor Stürmen. Es genügte ein etwas lauteres Rauschen der Blätter, damit ich angstvoll zum Himmel aufschaute. Vielleicht sage ich es anders: Ich hatte keine Angst vor dem Sturm, ich hatte Angst vor der Luft. Als hätte ich ein Vorgefühl, daß mir von dort etwas Schlimmes zustoßen würde. Daß ich sie nicht würde packen können, obwohl ich es mit aller Kraft versuche. Später, als ich erfuhr, wie meine Mutter gestorben war, brachte ich diese Angst mit ihr in Verbindung...

Was es heißt, in diesem Land zu leben, begriff ich, als mein Vater krank wurde. Es wurde für uns zu einem Kreuzweg,

der vom Arzt zum Krankenhaus und zur onkologischen Poliklinik führte. Wir konnten uns unerkannt bewegen, da ich in diesem Land kein Star bin und die Leute mit meinem Gesicht nichts verbinden und noch weniger mit meinem Namen.
Es klingt vielleicht schäbig, aber ich war froh, daß ich nicht zu all denen gehörte, für die der Erwerb von Toilettenpapier fast ein Ding der Unmöglichkeit ist. Fast. Denn man kann Altpapier sammeln, es dann zu einer Sammelstelle bringen, in der Warteschlange stehen, sich dann mit dem Beleg in einer anderen Schlange anstellen und warten, warten und vielleicht liefern sie die begehrte Ware. Man kann das Warten aufgeben, den Beleg in kleine Stücke zerreißen und nach Hause gehen, aber dann bleibt ein bestimmtes unangenehmes Problem... Ich weiß, daß in Polen eine geistige Atmosphäre herrscht, daß man sie in der Luft fühlt... daß es viele großartige, aufopferungsvolle Menschen gibt. Ich selbst habe solche Menschen kennengelernt, aber als ich mit meinem Vater diesen menschenunwürdigen Gesundheitspfad entlangstolperte, dachte ich nicht daran. Ich wußte noch nicht, daß mich das alles nichts anging, daß ich davon ausgeschlossen war. Daß ich ein Recht hatte, Distanz zu wahren, weil ich nicht hierher gehörte. Hätte ich das früher gewußt, hätte ich mich vielleicht nicht zu Handgreiflichkeiten hinreißen lassen. Dazu trieb mich die Haltung der Leute in ihren weißen Kitteln, ihre Verachtung gegenüber den Mitmenschen, gegenüber deren Leben und Leiden. Der erste Schock: Mein Vater litt unsäglich nach einer Operation, doch der Arzt konnte nicht kommen, weil er beschäftigt war. Nach einer Stunde platzte ich einfach in das Zimmer des diensthabenden Arztes, ich fand ihn dort mit seiner Bekannten. Ich fragte: »Kann ich diese Frau vertreten?« Er erwiderte: »Bedaure, Sie sind nicht mein Typ.« Und er kam nicht, er erschien erst beim Rundgang, drei Stunden später. Da hatte ich meinem Vater schon Morphium von zu Hause gebracht und verabreicht. Der zweite Schock: Ein großer, athletisch gebauter Pfleger fuhr meinen Vater sehr unachtsam im Rollstuhl, wodurch er ihm Schmerzen verursachte. Ich machte den Mann darauf aufmerksam. Und da hörte ich: »Wozu lebt denn so etwas. Ab ins Grab und Erde

drüber.« In einem Anflug plötzlicher Kraft schlug ich dem Pfleger ins Gesicht. Er torkelte zurück. »Anna«, sagte darauf mein Vater, »das ist nur der gesunde Menschenverstand unseres Volkes...«

Aus den Aufzeichnungen von Anna Łazarska
Das ist schon kein Selbstgespräch mehr, das ist eine Beichte. Vor wem? Vor diesem Deutschen? Wenn ich ihn mir ausgesucht hätte, sähe das nach Pornographie aus. Aber er war es, der gekommen ist. Er hat mich ausfindig gemacht und mich gewissermaßen zum Gespräch ermuntert. Vielleicht verdanke ich ihm etwas. Ein Ende des Fadens, die Hoffnung, aus diesem Chaos herauszukommen. Wir haben uns in unmittelbarer Nähe eines Doms unterhalten, der seit dem 9. Jahrhundert gebaut wird, was auch nicht ohne Bedeutung ist, was auch etwas sagt.
Ich weiß immer noch nicht, wer ich bin, doch habe ich jetzt eine Aufgabe vor mir. Das ist schon eine Zukunft, noch ist sie kurz, aber es gibt sie. Auf dem Flughafen in Frankfurt lag nichts vor mir. Ich kaufte eine Fahrkarte nach Köln, weil ich in dieser Stadt einmal mit meinem Vater gewesen war.

Briefe von Chaja, der Schwester von Łazarska, an eine nicht näher identifizierte Person jenseits der Ghettomauer
Mein liebes Hänschen,
genau heute bin ich zehn Jahre alt geworden, aber ich hatte einen sehr traurigen Geburtstag, erstens bist Du nicht bei mir, und zweitens sind gestern nacht Polizisten gekommen und wollten unseren Papa ins Lager bringen. Mama hat furchtbar geweint und gesagt, daß aus dem Lager nur noch Krüppel wiederkommen. Dann holte sie all unser Geld und hat es ihnen gegeben. Sie ließen Papa da. Aber jetzt haben wir nichts mehr zu essen, weil unsere Vorräte zu Ende sind. Mama hat furchtbar geweint und gesagt, das ist alles nur deshalb, weil Papa nicht ins Lokal gehen und spielen will. Papa hat ihr gesagt, daß sich dort schlechte Juden vergnügen, denn im

Ghetto muß Trauer herrschen. Auf der Straße sterben die Menschen an Hunger. Mama sagte, daß wir jetzt alle sterben, weil es kein Geld mehr gibt. Und dann hat sie noch gesagt, wozu sich denn unsere Familie vergrößert, wo wir uns schon jetzt nicht mehr ernähren können. Papa hat darauf Mama geschimpft, daß man so nicht reden darf. Wenn Gott den Menschen Kinder gibt, muß man sie in Freuden erwarten. Wir freuen uns also alle, Papa freut sich, Mama und meine ältere Schwester Ewa auch. Ewa ist sehr gut und sehr hübsch. Zum Geburtstag habe ich von ihr ein Bonbon bekommen, das sie speziell für mich aufgehoben hatte. Uns hat einmal so ein Mann auf der Straße Bonbons geschenkt; ich habe meines gegessen, aber sie hat ihres in die Tasche gesteckt. Dieser Mann ging mit einer Frau, die waren sehr schön angezogen. Ich stand mit Ewa bei der Mauer, weil uns Mama dagelassen hatte. Sie selbst war auf die andere Seite gegangen, wo sie versuchen wollte, etwas zu kaufen. Dieser Mann sagte zu der Frau: »Schau, was für ein hübsches Mädchen, was für eine hübsche kleine Jüdin« und gab jedem von uns beiden ein Bonbon, und mir wollte er noch den Kopf streicheln, aber diese Frau sagte: »Laß, vielleicht hat sie Läuse.« Ich wollte sagen, daß ich bestimmt keine habe, aber da waren sie schon weg.
Dauernd denke ich an Dich, was Du so treibst, vielleicht bist Du traurig und es ist Dir kalt auf dem Balkon. Das Schlimmste ist, daß ich Dich dort zur Strafe gelassen habe und Du denkst, daß ich Dir immer noch böse bin. Schon auf der Treppe wollte ich zu Dir umkehren, aber dieser Mann, der aufpaßte, daß wir auszogen, sagte, daß das schon nicht mehr unsere Wohnung ist und daß es für mich da nichts mehr gibt. Mama hat mich dann hinter sich hergezogen.

Auf baldiges Wiedersehen
Chaja

Mein liebes Hänschen,
heute hat Großpapa mir Jiddisch beigebracht. Ich mag es sehr, mit Großpapa zu lernen, weil er soviel Geduld hat und nie schreit so wie unsere Mama. Mama schreit ganz fürchter-

lich, und sie weint über alles. Daß sie nicht weiß, wie sie uns ernähren soll und Papa sich nicht darum kümmert. Da setze ich mich lieber mit Großpapa hin und lerne diese komischen Buchstaben. Großpapa sagt, daß Gott uns prüft, weil er herausfinden will, ob der Geist unseres Volkes stark ist. Und er macht sich große Sorgen, daß dieser Geist schwach wird. Das kann uns alle ins Verderben stürzen. Immerhin ist es gut, daß Papa nicht in dieses Sodom und Gomorrha gehen will, so nennt Großvater das Lokal, und nicht für sündige Juden musizieren will. Da ist es schon besser zu verhungern. Mama schimpft auf Großvater, daß er genauso dumm ist wie sein Schwiegersohn. Aber Großvater sagt, daß Mama nur so einen zänkischen Charakter hat, aber im Innern ist sie wie wir. Und daß sie es sicher nicht will, daß Gott uns böse ist. Nur Tante Klara fürchtet sich nicht vor ihm und geht ins Lokal und singt da. Sie hat einen schönen Mantel, und einmal hat sie Schokolade mitgebracht, aber Papa hat gesagt, sie soll sie wieder mitnehmen, weil wir von ihr nichts annehmen. Die Tante hat sehr geweint, aber Papa reichte ihr den schönen Mantel und schob sie zur Tür hinaus. Da stand Tante Klara vor der Tür und weinte weiter. Aber Papa sagte: »Weine ruhig, bis ans Ende der Welt, wenn du willst...« Papa geht jetzt mit solchen Männern und sammelt Tote auf der Straße auf, er legt sie auf einen Wagen und fährt sie an eine bestimmte Stelle. Er sagt, am wenigsten mag er es, Kinder einzusammeln. Mama erlaubt nicht, daß er von dieser Arbeit erzählt, aber Papa meint, daß wir in unserem Herzen das heraustragen müssen, was wir hier gesehen haben, damit kein einziges Kind in Vergessenheit gerät. Papa sagt: »Sollen die Erwachsenen die Erwachsenen in Erinnerung behalten und die Kinder die Kinder.«

Auf baldiges Wiedersehen
Chaja

Mein liebes Hänschen,
heute ist der 22. März 1942, und das ist ein sehr schöner Tag bei uns zu Hause, weil uns ein Schwesterlein geboren wurde. Mama hat sich drei Tage lang sehr gequält und gestöhnt, und Tante Esther, die zu Entbindungen in die Häuser kommt,

schüttelte vor Papa den Kopf. Papa wollte Mama schon in die Klinik bringen, aber dort will man Gebärende nicht aufnehmen, sie schicken einen zurück oder auf die Wache. Tante Esther, das ist nicht unsere wirkliche Tante, aber alle nennen sie so, also sie hat gesagt, wir sollen zu Tante Klara gehen, die gute Kontakte hat und bestimmt etwas im Krankenhaus erreicht. Papa hatte schon seine Mütze genommen, aber dann setzte er sich an den Tisch und fing an zu weinen. Er sagte, daß er nicht dorthin gehen kann, weil sonst auf das noch ungeborene Kind eine Sünde fällt. Da sagte Tante Esther, daß sie selbst hingehe, aber Papa schrie sie an, daß sie Gott betrügen wolle. Ja, und da litt Mama noch den ganzen Tag, aber am Abend wurde das Schwesterchen geboren. Tante Esther sagte, daß es mit einem Jungen schlimmer gewesen wäre, aber daß das Mädchen durchgekommen sei.
Und Papa rief uns und sagte: »Jetzt seid ihr drei, liebt euch, wie ich euch liebe, und fürchtet Gott, wie ich ihn fürchte.« Und dann sagte er zu mir: »Bring deine Geige, spielen wir zu ihrer Begrüßung.« Da hole ich sie, und wir spielen Mendelssohn, aber Mama mit schwacher Stimme: »Wozu macht ihr so einen Lärm...«

Auf baldiges Ws. Chaja

Mein liebes Hänschen,
ich habe Dir lange nicht geschrieben, weil sich zu Hause traurige Dinge abgespielt haben. Mama war sehr krank und blieb die ganze Zeit im Bett, und unser kleines Schwesterlein war so schwach, daß Tante Esther sagte: »Noch ein Atemzug und sie geht hinüber.«
Papa fährt jetzt Rikscha und kommt immer sehr müde heim. Er sagt, das ist eine Tätigkeit für junge Leute, aber er ist schon 34 Jahre alt. Wir laufen jetzt dauernd hungrig herum, aber am schlimmsten ist, daß es keine Milch für unsere kleine Schwester Miriam gibt. Tante Klara hat hinter Papas Rücken heimlich eine Büchse gebracht, aber die ist schon leer. Ewa und ich gehen auf der Straße betteln. Wir strecken die Hand aus, wenn jemand kommt, der besser angezogen ist, und zwar im allerletzten Moment, damit er sich wundert, daß die zwei

Mädchen, die da so stehen, daß die Bettler sind. Aber in letzter Zeit haben wir irgendwie kein Glück, es wundert schon keinen mehr, daß wir die Hand ausstrecken. Alle Kinder in der Straße betteln. Großpapa sagt, das ist überhaupt keine Schande und daß Gott sich mit allen anderen Berufen auch die Bettler ausgedacht hat. Da habe ich gleich gesagt, daß sich Gott vielleicht die Arbeit im Lokal ausgedacht hat, weil mir Tante Klara so leid tut, aber Großvater schüttelte den Kopf. Dann also nicht.
Was machst Du so, woran denkst Du, vielleicht hast Du Dich mit denen angefreundet, die jetzt in unserer Wohnung wohnen? Ich würde mich sogar freuen, daß Du nicht einsam bist, solange Du nur mich nicht vergißt. Denke daran, ich komme zu Dir zurück.

Auf Ws. Chaja

Meine liebes Hänschen,
es ist schon Frühling, auch im Ghetto, aber uns freut das schon gar nicht mehr. Wir sind sehr hungrig. Wir denken nur ans Essen. Gestern habe ich einen kleinen Vogel gesehen, er hüpfte auf der Straße, aber er konnte nichts finden, da ist er wohl wütend geworden und über die Mauer geflogen. Dort wird er sich sicher sattessen. Unser Papa ist so krummgebogen, als ob ihm jemand den Brustkorb und den Bauch gestohlen hätte. Mama sagt, das sei deshalb, weil er so mager geworden ist. Aber Papa ist fröhlich. Er kommt nach Hause und sagt: »Wißt ihr, was Hollywood ist?« Darauf sagen wir, daß wir es nicht wissen. Da sagt Papa, das ist eine Traumfabrik in Amerika, wo die größten Stars leben. »Und jetzt«, sagt Papa, »haben sie Hollywood in die Nalewki-Straße gebracht.« Wir wundern uns. Darauf Papa: »Auf der Straße sieht man überall nur Sternchen.« Heute dann kam er und rief: »Feiertag, Festtag, man weiß von uns in London!«, und sofort befahl er mir, die Geige zu bringen, und wie einst stellte er mich auf den Tisch. Ich spielte, obwohl mir die Hände etwas zitterten. Ich bin jetzt schwach. Ich kann schon nicht mehr laufen, ich muß so langsam gehen, ganz langsam. Mama befahl mir, sofort herunterzukommen, denn wozu soll ich meine Kräfte verlieren.
Als ich klein war, da hat mich Papa immer auf den Tisch ge-

stellt, ich spielte, und Papa lief mit hochgestreckten Armen durchs Zimmer. Mama schimpfte, was er denn da veranstalte. Aber er wiegte den Kopf und wiederholte:
»Hörst du, hörst du, wie sie spielt!«
Und Papa sagte das nicht zu Mama, sondern zu jemandem, der dort oben war. Deshalb hatte Papa die Augen geschlossen und die Hände erhoben.

A. b. W. CH.

Mein liebes Hänschen,
es wird immer trauriger in unserem Haus, Papa hat man die Rikscha weggenommen, und wir haben schon überhaupt keine Hoffnung mehr. Papa sitzt im Zimmer am Tisch und hält den Kopf in den Händen, und Mama sagt dauernd: »Geh ins Lokal.«

A. bald. W. Chaja

Mein liebes Hänschen,
heute ist der 26. August '42. Der Doktor war bei uns und hat gesagt, daß Papa Typhus hat und er ihn mit Rücksicht auf uns ins Krankenhaus mitnehmen muß. Uns hat er auch untersucht. Ewa und ich haben Ödeme. Das kommt vom Hunger. Etwas muß unternommen werden, denn der Typhus hält seine Ernte, so hat der Doktor gesagt. Er hat kein Geld genommen, obwohl ihm Mama, was wir von Großpapa bekommen haben, in die Hand drücken wollte. Als er gegangen war, sagte Mama: »Denkt an diesen Menschen, Kinder, das ist der einzige Gerechte in dieser Hölle.« Aber später sagte sie, wir sollen ihn vergessen, denn seinetwegen bringt man uns jetzt in Quarantäne. Wir haben nicht mehr so viel Geld, um uns freizukaufen. Das muß man den Sanitätern bezahlen, und die nehmen sehr viel. Ich weiß noch nicht, was diese Quarantäne ist, aber Mama ist schrecklich verzweifelt. Und wieder sagt sie, wozu sie uns auf diese Welt gebracht hat, in all die Leiden. Aber Großpapa antwortet ihr, daß die Juden schon immer eine Insel inmitten der anderen Menschen waren und daß alles, was auf der Welt einsam ist, am stärksten gefährdet ist.

Dann eben Quarantäne. Tante Esther nimmt Miriam für diese Zeit zu sich.

Auf bald. Ws. Ch.

Mein liebes Hänschen,
es war nicht so schlimm. Es war ein großes Gedränge von Menschen. Unsere Sachen wurden zur Desinfektion gegeben. Zum Essen bekamen wir Suppe, aber Mama ließ sie uns nicht essen, weil wir uns davon vielleicht eine Krankheit holen könnten. Sie verteilte Brot an uns, das ihr Tante Klara für uns gegeben hatte. Mama selbst aß kein Brot, sondern nur diese Flüssigkeit aus dem Kessel.
Papa ist noch im Krankenhaus. Mama besucht ihn dort. Er ist schwach, aber die Krankheit geht weg. Großpapa sagt, daß Papa gerecht ist und Gott ihn deshalb gerettet hat.
Heute war Tante Klara bei uns. Sie unterhielt sich mit Mama im Nebenzimmer, und dann riefen sie mich zu sich, und Mama sagte, daß von mir das Leben der ganzen Familie abhängt. Ich muß mich nur bereit erklären, in dem Lokal zu spielen und Papa davon nichts zu sagen. Ich bekam furchtbare Angst, ob mich Gott nicht bestrafen wird, aber Mama sagte, wenn man etwas für andere tut, dann kann das keine Sünde sein. Und sie sagte, daß unser Schwesterchen Miriam schon Hungerödeme hat und daß sie bestimmt sterben wird, wenn sie keine Milch bekommt. Mama schaute mich so an, daß es mir ganz elend um sie wurde. Ich weinte und sagte, ich werde mit Tante Klara gehen. Später, als ich schon im Bett lag, hatte ich solche Angst vor Gott, aber ich liebe Papa und mein kleines Schwesterchen so, und auch Mama und Ewa.

Auf Wiedersehen
Chaja

Mein liebes Hänschen,
drei Tage schon gehe ich in das Lokal, Papa gegenüber tun wir so, als ob ich schlafen gehe. Im Nachthemd schaue ich zu ihm rein und sage gute Nacht, und dann ziehe ich mich schnell an, und Mama bringt mich hin. Von der Straße sieht man überhaupt nicht, daß dort gefeiert wird, weil die Fenster verdun-

kelt sind. Aber drinnen ist es ganz hell, und an den Tischchen sitzen schön gekleidete Damen und Herren, und die Kellner rennen wie verrückt. Mama kommt nicht rein, sie übergibt mich nur an Tante Klara und weint immer und bittet, daß die Tante es nicht zuläßt, daß mir jemand etwas zuleide tut. Am ersten Abend habe ich nicht gespielt, weil ich das, was sie wollten, nicht konnte und es keine Noten gab. Aber danach machte es mir keine Schwierigkeiten. Und die Leute waren zufrieden. Tante Klara sang, und ich begleitete sie auf der Geige. Zuerst auf so einem Podium, aber dann kamen wir auf Wunsch an die Tische. Eine Frau war sehr gerührt und gab mir Geld. Von dem Rauch und dem Lärm drehte sich mir alles im Kopf, und es war mir irgendwie komisch. In der Pause nahm mich die Tante in die Küche mit, und dort bekam ich zu essen. Die Köchin sagte, ich solle nicht zuviel essen, weil mir das schadet, aber ich konnte sowieso nicht. Ich wollte fragen, ob ich den Rest mit nach Hause nehmen kann, aber ich hatte ein wenig Angst. Sie schaute mich so an und sagte, das ist kein Platz für Kinder.
Und weißt Du, daß ich jetzt am Tag schlafen gehe?

A b W CH

Mein liebes Hänschen,
es ist schon November, grau und trübe, sie haben eine Verordnung herausgegeben, daß Juden jetzt nicht mehr das Ghetto verlassen dürfen, sie geben nicht einmal mehr Passierscheine aus. Papa sagt, daß wir jetzt alle wie Ratten ersticken werden. Papa müht sich, irgendeine Arbeit zu finden, aber er ist so schwach, daß er in Schweiß gebadet ist, wenn er nur die Treppe runtergeht. Wir wohnen im neunten Stock.
Papa wundert sich, woher wir Geld haben und wovon wir leben. Mama sagte, daß sie ihren Ring verkauft hat. Papa war besorgt, weil der Ring dafür gedacht war, die Familie im äußersten Fall vom Tod freizukaufen. Man erwartet die Liquidierung des Ghettos. Ständig werden Menschen weggebracht. Ich würde sogar gerne mit dem Zug fahren, aber Mama schaut mich mit so einer Angst an, wenn ich davon spreche. Dabei kann es doch nirgendwo schlimmer sein als

hier. Nirgends gibt es so eine Mauer. Solchen Hunger und Kälte. Papa wundert sich auch, daß ich jetzt den ganzen Tag schlafe, aber Mama erklärt ihm, daß das so ist, weil ich so schwach bin.

A. W. Chaja

Mein liebes Hänschen,
gestern spielte ich ein Konzert von Brahms. Ein Herr bat mich darum. Zuerst rief er mich an seinen Tisch und fragte, ob ich nur solche Stückchen kann.
Als ich anfing zu spielen, gefiel es den Leuten nicht, aber dieser Herr stand auf und schimpfte sie, daß in dieser Spelunke ein Brillant verkommt und daß man ihn in seinem Glanz erstrahlen lassen muß. Die Leute wurden still, weil das ein sehr reicher Herr ist. Und als ich aufhörte zu spielen, hatte er Tränen in den Augen, er zog viel Geld aus der Tasche und gab es mir und sagte: »Kind, geh nach Hause und komm nicht wieder her.« Ich freute mich so, aber Tante Klara nahm mich nach hinten zum Besitzer des Lokals. Er sagte, daß das sein Geld ist, und nahm es an sich. Ich weinte sehr, aber Tante Klara erklärte mir, daß er recht hat. Denn das ist sein Lokal, und für das Spielen bezahlt er mich ja sowieso. Wahrscheinlich tat ich ihm leid, denn er rief mich noch einmal und sagte, wenn ich der Familie helfen und mehr verdienen will, dann kann ich die Gäste in solchen extra Zimmerchen unterhalten. Die sind dort alle reich. Und da brachte er mich hin. Da saß ein Herr in deutscher Uniform, da bekam ich einen Schreck, aber der Besitzer beruhigte mich. Er sagte etwas auf deutsch. Da war noch eine Frau, die sprach Polnisch. Sie sagte, ich soll Zigeunermelodien spielen. Aber das konnte ich nicht. Da sagte dieser Deutsche, daß ich etwas anderes zeigen soll. Er möchte nachsehen, ob bei kleinen Jüdinnen alles genauso ist wie bei den großen. Ich wollte weggehen, aber die Tür war verschlossen. Sie schrien mich an. Ich verstand nicht alles, aber ich sah, daß dieser Herr sehr wütend war. Ich zog mein Kleid und die anderen Sachen aus. Er sagte etwas zu ihr. Sie wiederholte für mich, daß ich mich anziehen und gehen kann. Ich rannte raus, ging aber nicht in den Saal zurück, sondern lief nach Hause.

Ich hatte solche Angst, daß sie mich festhalten werden, aber irgendwie ist gar nichts passiert. Mama schlief nicht. Sie wartet immer auf mich. Ich konnte ihr nichts sagen, ich zitterte nur am ganzen Leib, aber dann sagte ich es ihr. Mama fing an zu weinen und bat mich um Verzeihung und küßte mir die Hände. Am nächsten Tag kam Tante Klara, um zu fragen, ob ich abends komme, aber Mama sagte, daß ich da nicht mehr hingehen werde und daß es ein Fehler war. Tante Klara meinte, ein Fehler ist besser als Hunger, aber sie drängte mich nicht. Sie nahm nur das Kleid und die Pantoffeln mit, die ich für meine Auftritte hatte, und gab mir meine alten Sachen zurück. Die neuen gehörten dem Lokal.
Zum Glück war Papa nicht zu Hause, er traf Tante Klara auf der Treppe, als sie schon im Gehen war. Er fragte Mama, weshalb sie diese Teufelsfrau reingelassen hat. Mama erwiderte nichts, aber sie schämte sich vor Papa. Und Papa erzählte, daß er ein erfrorenes Kind gesehen hat, das jemand mit einem Plakat zugedeckt hatte, auf dem stand: »Das Kind ist das Allerheiligste.«
»Das Kind ist das Allerheiligste«, wiederholte Mama und drückte mich an sich, und nur wir wußten, was sie meinte.

A. b. W. CH.

Meine liebes Hänschen,
ich gehe nicht mehr in das Lokal, aber ich habe mich so daran gewöhnt, daß ich nachts nicht schlafen kann. Ich denke über verschiedene Sachen nach.
Es gibt nichts zu essen, es gibt keine Kohlen. Wir zittern vor Kälte. Papa bekam in einer Weberei Arbeit, die Bettdecken macht. Die Werkstatt ist illegal, deshalb arbeitet er nachts. Jetzt geht Papa immer weg. Vor uns tut er so, als ob er schlafen geht, aber in Wirklichkeit geht er zur Arbeit. Ich weiß das von Mama, die mir alles sagt. Es ist gut, daß Papa Arbeit hat. Vielleicht verhungern wir vorläufig nicht, aber Heizmaterial kaufen wir keines, weil jetzt alles so teuer ist.

Auf bald. Ws. Chaja

Meine liebes Hänschen,
Großpapa betet jetzt ständig. Er weint und sagt, daß das jüdische Volk tief gefallen ist und auf Befehl die Synagogen und Altäre zerstört. Er hat das von Juden erfahren, die aus anderen Ghettos gekommen sind. Sie haben noch erzählt, daß in ihrem Schtetl viele Juden umgekommen sind. Man hatte sie zum Töten in den Wald geführt und ihnen befohlen, »Der Jude hetzt voll Ungeduld, der Krieg ist einzig seine Schuld« zu singen. Und sie gingen und sangen.
Bei uns im Haus wohnt jetzt eine Frau, der ein Deutscher das Kind aus dem Zug geworfen hat. Sie wollte hinterherspringen, aber man hat sie zurückgehalten. Sie hat so furchtbar geweint, daß Großpapa nicht mehr beten konnte.
Papa war schon einmal auf dem Umschlagplatz. Im letzten Moment entdeckte ihn Herr Emanuel Ringelblum in der Menge und holte ihn dort raus. Weil Papa Geige spielt. Deshalb.
Papa sagt, es hat keinen Sinn mehr, auf etwas zu warten. Morgen können sie kommen und die ganze Familie holen. Gestern war Onkel Simon bei uns und redete uns zu, das Ghetto durch die Kanäle zu verlassen. Er macht das als Führer, das ist jetzt sein Beruf. Uns bringt er umsonst raus, weil wir doch zur Familie gehören. Viele Leute machen das jetzt so. Auf der anderen Seite verabreden sie sich mit irgendeinem Christen wegen eines Verstecks, für Geld und manchmal sogar umsonst. Das hängt von dem Christen ab. Der Onkel drängt sehr, daß wir das Ghetto verlassen sollen. Aber Großpapa ist nicht einverstanden. Großpapa sagt, daß er hier bis zum Ende bleibt und im Feuer Gottes verbrennt, weil Er die Juden bestrafen will.
Unser Schwesterchen Miriam ist sehr krank, es hat viele Geschwüre. Ewa und ich haben keine, weil Onkel Simon Zwiebeln gebracht hat.

A. b. W. Ch.

Tonbandaufnahme

Ich Wer sind Sie? Wer sind Sie am siebzehnten Februar neunzehnhundertzweiundachtzig?

Anna Łazarska Ich weiß es nicht. Ich habe die Aufgabe, nach Hause zu fahren und meinen Vater zu pflegen. Danach kümmere ich mich um mich selbst. Ich werde versuchen, mein Doppelschicksal gegen ein Einzelschicksal einzutauschen. Wie Sie wissen, kann ein doppelköpfiges Kalb nicht lange leben. Ich denke an eine Reise nach Israel.

Ich Also nicht nach Amerika?

Anna Ł. Dort finde ich meine Wurzeln nicht.

Ich Aber dort lebt Ihre Schwester.

Anna Ł. Sie kann meinen Fall nicht klären. Wissen Sie, etwas habe ich schon begriffen. Etwas, das ich vorher nicht verstehen konnte. Dieser Amerikaner in Wien hat mir gesagt, er sei nicht Diplomat geworden, sondern Musiker, weil das ein Betrug gewesen wäre. Er lebt in Amerika, aber er kann dieses Land nicht repräsentieren. Er sagte: »Mein Zuhause ist Israel.« Er nimmt es seinen Eltern übel, daß sie sich nicht dort niedergelassen haben.

Ich Heißt das, Sie geben Ihrem Blut den Vorrang?

Anna Ł. Nein, ich will nur etwas prüfen. Vielleicht erfahre ich nichts, so wie ich auf dem jüdischen Friedhof nichts erfahren habe. Ich bin dort hingegangen, am Tor bin ich umgekehrt, weil ich nichts auf dem Kopf hatte. Ich ging nach Hause zurück, um ein Kopftuch zu holen. Mein Herz schlug, als ich durch das Tor trat. Aber ich fühlte mich dort fremd. Dieser Friedhof hat mich nicht in seine Arme geschlossen, er wollte sich mir nicht mitteilen.

Ich Weil Sie die Sprache noch nicht gelernt haben.

Anna Ł. Der Amerikaner sagte etwas wie: »Alle Juden sehnen sich nach Israel, selbst wenn sie davon nichts wissen.«

Nach einer Phase der Unsicherheit und der Rückschau bemerkte ich bei der Łazarska eine Veränderung. Sie war schon ruhiger beim Gedanken an ihre Zukunft. Wenn ich sie besuchte, begrüßte sie mich mit einem Lächeln. In dieser Zeit veränderte sich ihr Gesicht. Das Gesicht der Łazarska war in ihren Augen, wenn man das so sagen kann. Wenn sie lebhaft schauten, war sie hübsch. Ich bemerkte das während eines Empfangs bei einer der höhergestellten deutschen Persönlichkeiten, einem Direktor der Deutschen Bank. Er richtete einen Empfang in seiner Residenz außerhalb der Stadt aus, ich dachte, das könnte die Łazarska zerstreuen und sie wenigstens für eine Weile von ihrem Drama ablenken. Ich war mir sicher, sie würde ablehnen. Doch sie war einverstanden. Das war die Zeit nach der Wende, wie ich das einmal nennen will. Wir fuhren einen sehr schönen Weg entlang, an dessen Einfahrt ein Schild mit der Aufschrift »Privatweg« stand.

»Weg der Absolution«, sagte die Łazarska.

Sie war sichtlich gelöst und fand Gesprächspartner. Einige, darunter der Gastgeber, sprachen Englisch. Die Frau des Bankdirektors führte sie in ihr Atelier im Garten, wo sie viele Stunden mit Malen verbrachte. Während ihrer Abwesenheit war ich angespannt. Ich wollte ihnen sogar nachgehen, doch fürchtete ich, die Łazarska könne das schlecht aufnehmen. Mit Erleichterung registrierte ich ihre Anwesenheit unter den Gästen. Ich war bemüht, mich in ihrer Nähe zu halten, einmal trafen sich unsere Blicke. Ich bemerkte, daß ihre Augen leuchteten wie im Fieber.

Während des Abendessens, an dem nur wenige Personen teilnahmen, es war ein Empfang in kleinem Rahmen, fragte jemand, womit sie sich in Polen beschäftige.

»Mit Musik«, antwortete sie.

Man schlug vor, sie solle zur Feier des Abends etwas spielen. Sie lächelte und antwortete:

»Mit Vergnügen, nur habe ich leider meine Geige nicht dabei.«

»Sie bekommen eine Geige«, versprach der Hausherr.

Schon da spürte ich, daß sich etwas Ungutes anbahnte. Sie hatte doch die Geige nicht mitgenommen, weil sie sie jetzt fürchtete. Die Geige war ein Requisit, das bei ihren Wanderungen in die Vergangenheit auf der Suche nach der eigenen Identität nicht ohne Bedeutung war. Sie hatte sie nicht mitgenommen, weil es ihr schien, daß in ihr alle Tränen dieser Welt eingeschlossen waren. Daß es nur einer Berührung der Geige bedürfte, und der ganze Jammer wäre zu vernehmen. Sie hatte die Geige seit dem Tag, an dem sie die Schublade geöffnet hatte, nicht mehr angerührt. Und jetzt war sie so schnell damit einverstanden, sie in die Hand zu nehmen. Es war mir klar, daß ich etwas dagegen unternehmen mußte, aber wie um alles in der Welt sollte ich das tun. Ich konnte doch nicht den Gastgeber beiseite nehmen und ihn bitten, dieses risikoreiche Vorhaben bleibenzulassen. Was hätte ich ihm sagen können?

Man brachte eine Geige. Sie nahm sie in die Hand wie einen fremden Gegenstand. Sie schaute sie an, als wüßte sie nicht, wozu sie ihr dienen könnte. Die Gäste unterhielten sich miteinander und hatten keine Ahnung, welcher Kampf in dieser Frau tobte. Nur ich allein war mir dessen bewußt. Für die Gäste war das einfach das Stimmen der Geige, für die Łazarska und für mich... Schließlich nahm sie den Bogen und verharrte regungslos. Als sie zu spielen begann, erschrak ich, weil ich den Eindruck hatte, das sei überhaupt keine Musik. Die Geige gab scharfe, unkoordinierte Töne von sich, die mit einer nie dagewesenen Aggressivität auf die Hörer einschlugen. Ich vermochte darin keinerlei bekanntes Motiv zu entdecken, sie schien den Bogen nur leidenschaftlich über die Saiten zu ziehen – wie ein trotziges Kind. Ihr Gesicht drückte eine übermenschliche Anstrengung aus, und die Adern an ihren Schläfen traten hervor. Ich schaute mich unter den Anwesenden um. Sie schienen interessiert, ja sogar gespannt. Jemand sagte:

»Aber das ist doch aus ›Lohengrin‹!«

Und da begriff ich alles. Sie fühlte sich völlig allein, selbst die Musik war gegen sie. Ich ahnte nicht, daß das erst der Anfang ihres Auftritts war. Ich glaube, daß ihr der zweite Teil außer Kontrolle geriet, wir haben darüber nie gesprochen, aber es war bestimmt so. Vielleicht kam es von der Anspannung und Müdigkeit, vielleicht war es auch ein Gläschen zuviel gewesen. Sie wurde bewundert und mit Lob für ihr bravouröses Wagner-Spiel auf der Geige bedacht. Irgendwann brachte der Gastgeber ein neues Modell eines japanischen Tondbandgeräts mit Kopfhörern. Durch eine bestimmte Methode ließen

sich die Töne selektieren, und man konnte auf die einen zugunsten anderer verzichten. Er schlug der Łazarska vor, die Kopfhörer aufzusetzen und es sich anzuhören. Sie lächelte.
»Ich werde den Effekt nicht ganz würdigen können, weil ich auf einem Ohr nicht höre.«
Sie sagte das auf Englisch, und ich verstand es nicht gleich, danach war es schon zu spät. Danach sah sie aus wie eine Betrunkene und heulte los. Zum Glück sprach sie polnisch.
»Sie haben mich zum Krüppel gemacht!« schrie sie und klammerte sich dabei an den Jackettaufschlag des Bankdirektors. »Ihretwegen habe ich kein Trommelfell, Sie haben zu Ihrem Vergnügen herumgeschossen...«
Tränen flossen ihr über das Gesicht, und alle schauten sie an. Und dann mich, und sie fragten, was los sei. Ich war in einer schwierigen Situation. Ich versuchte, sie zu beruhigen, aber da ging sie auf mich los:
»Sie haben mich blind gemacht! Sie haben mir die Augen ausgestochen, dort, auf jenem Weg, ich erkenne Sie wieder...«
Ich wußte schon, daß es keinen Sinn hatte, ihnen das zu erklären. Ich bat alle um Verzeihung und sagte, daß die derzeitige Lage in Polen meiner Bekannten nervlich sehr zusetze. Sie nickten voller Verständnis und Mitgefühl. Aber das wollte sie gar nicht. Sie fühlte sich nach ihrem Ausbruch erschöpft und sah aus, als wäre sie sehr krank. Ich faßte sie unterm Arm, und sie ließ sich widerstandslos wegbringen.

Unter dem Material, das ich aus Łazarskas Zimmer mitgenommen hatte, fand ich einen Brief an Witold Łazarski von seiner Frau. Er hat keinen unmittelbaren Zusammenhang mit unserem Fall, trotzdem will ich ihn beifügen, weil er Licht auf die Gestalt des Vormundes der Łazarska wirft und auch wegen der Einzigartigkeit der Schreiberin selbst, ihrer Kultur, ihres Taktes und zweifellos auch ihrer Güte.

Mein lieber Witold,
lange habe ich überlegt, wie ich Dir über alles schreiben soll, ich glaube, daß uns beiden nach so vielen Jahren eines ge-

meinsamen Lebens Ehrlichkeit am besten ansteht. Weißt Du, daß in drei Tagen das fünfzehnte Jahr unserer Ehe zu Ende geht? Welch ein Datum!

Witold, vor ein paar Tagen kam Lusia zu mir, sie ist mit ihren Nerven am Ende. In einem plötzlichen Anflug schwesterlicher Gefühle gestand sie mir ihre mehrjährige Romanze und auch, daß es jetzt ein Problem gibt. Dieser Mann hat es kategorisch abgelehnt, das Kind anzuerkennen, und begründet das mit der Verpflichtung gegenüber seiner Frau.

Ich glaube, daß unser Bund die Probe der Zeit bestanden hat und daß wir uns nicht in uns getäuscht haben, voll der gegenseitigen Zuneigung und des Verständnisses. Immerhin, als wir heirateten, waren wir sehr jung, und wir hätten uns in uns täuschen können. Zum Glück ist es nicht so gekommen. Ich fühle zutiefst, daß ich mich in schlechten Zeiten immer an Dich wenden kann und daß Du mir immer in gleicher Weise begegnest. Und das erachte ich als eine Sache von größter Wichtigkeit. In einer solchen Situation ist die Beschränkung unserer Freundschaft auf ein und dasselbe Haus nicht mehr so unerläßlich. Denn das, was uns verbindet, unterliegt doch keiner Veränderung.

Ich habe Dein Bedürfnis, einer anderen Frau nahe zu sein, angesichts unserer in gewisser Weise doch sehr schwierigen Situation verstanden. Ich war Dir dankbar dafür, daß Du sie nicht kommentiert hast, und auch für Deinen unter diesen Umständen ungewöhnlichen Takt und Dein Wohlwollen mir gegenüber. Ich war bereit, Dir alles im voraus zu verzeihen, obwohl das für mich vielleicht schmerzlicher war, als Du vermutet hast. Ich denke von Dir als meinem Mann. Und so werde ich immer denken. Du hast mir gesagt, daß Du Dir einen festen Bund mit einer Frau nur schwer vorstellen kannst, daß Dir das Angst einflößt. Ich war es, die unsere Ehe wollte. Und ich meine, daß ich trotz allem recht hatte. Wir sind immer noch ein Bund zweier sich naher Menschen. Ich hoffe, daß auch Du so über unsere fünfzehn Jahre sprechen kannst. Ich hoffe auch, ja ich weiß es bestimmt, daß Du mir als Lebensgefährte immer den Vorrang gibst. Das reicht mir völlig und erlaubt mir, Deine zukünftigen Entscheidungen

und Veränderungen in unserer gemeinsamen Situation zu akzeptieren.
Ich weiß, wie Dein Verhältnis zu gewissen Verpflichtungen gegenüber einer dritten Person ist. Ich habe mich bemüht, dies zu verstehen. Aber in einer Situation, wo bestimmte Dinge sich so und nicht anders entwickelt haben, solltest Du das alles nochmals genau abwägen. Man muß an die anderen denken, Witold.
Lusia fährt in ein paar Tagen zurück, ich rechne damit, Ende August nach Warschau zu kommen, so wie es ausgemacht war.
Gdingen, 15. Juli 1939 Irena

Aus den Aufzeichnungen von Anna Łazarska
Ich glaube, daß man auf die Nachricht, die Tochter eines Froschmanns zu sein, in ein Geschäft mit den entsprechenden Gerätschaften geht und sie sich aufmerksam anschaut. Auf die Nachricht, daß man die Tochter eines Juden ist, geht man auf den Friedhof. Wohin könnte man sonst gehen?
Ich glaube, ich kann sagen, daß ich mich nirgends so einsam gefühlt habe wie in der Umgebung dieser Grabsteine. Tafeln. Namen. Daten. Die Gleichgültigkeit der Steine. Die Gleichgültigkeit der Luft und der Bäume.
Niemand wird mir sagen, was ich mit mir anfangen soll.
Ich bemerkte, daß ich nicht allein war. Auf dem Friedhof war noch eine Frau. Es fiel mir schwer, ihr Alter zu schätzen, denn sie zeigte mir ihr Gesicht nicht. Fast war es, als verberge sie es vor mir.
Vielleicht bin ich ihr deshalb gefolgt. Wir warteten an derselben Haltestelle, stiegen in dieselbe Straßenbahn. Sie stellte sich die ganze Zeit mit dem Rücken zu mir. Ich eilte hinter ihr zum Ausgang und folgte ihr in einem gewissen Abstand. Eigentlich ohne mir dabei etwas zu denken. Ich wollte sehen, wo sie wohnte oder so etwas Ähnliches. Falls sie tatsächlich nach Hause ging. Plötzlich wandte sie ihren Kopf und blieb dann stehen. Es war klar, daß sie auf mich wartete. Ich näherte mich ihr mit einem Gefühl der Unsicherheit und ohne

ein konkretes Anliegen. Unsere Augen trafen sich und ersetzten uns die Visitenkarten.
»Wollen Sie mich nach etwas fragen?« begann sie, und die Frage macht mir plötzlich angst. Am liebsten hätte ich kehrtgemacht und wäre ohne ein Wort gegangen. Aber jetzt ging das nicht mehr.
»Ich war dort zum erstenmal«, stammelte ich. Zum erstenmal seit vielen Jahren hatte ich ein vergleichbares Gefühl; ich stand vor ihr wie vor einem gestrengen Professor.
Sie lächelte.
»Neugier?«
»Ich weiß nicht«, sagte ich wahrheitsgemäß.
»Haben Sie dort jemanden?«
Das wußte ich auch nicht. Ich wußte wirklich nichts.
Ich muß komisch ausgesehen haben, denn sie schlug vor, ich solle zu ihr reinkommen. Sie hatte eine kleine Wohnung. Eine gewöhnliche Wohnung, obwohl ich sie auf dem jüdischen Friedhof getroffen hatte. Mich überraschte die Banalität der Gegenstände, ein Bild an der Wand, irgendein Aquarell. Bücher. Die ersten Titel, die mir ins Auge fielen: Żeromski, Gombrowicz, Miłosz.
Sie brachte Tee auf einem Tablett aus der dunklen Küche.
»Ich wohne jetzt allein«, sagte sie, »mein Sohn hat endlich seine eigene Zweizimmerwohnung bekommen.«
Ich wußte nicht, was ich machen sollte, ich widmete mich meinem Tee. Sorgfältig maß ich den Zucker ab und rührte das Glas um.
»Ich gehe dorthin«, sagte sie, »weil... es ist schwierig, das zu erklären, dort war es einmal am fröhlichsten...«
Sie lächelte über mein Erstaunen.
»Dort spielte sich das gesellschaftliche Leben des Ghettos ab, also des jüdischen Wohnviertels, wie man es nicht nennen durfte. Das gesellschaftliche Leben, also der Schmuggel.«
Sie erzählte mir davon, wie es ihrer Mutter und anderen Frauen erlaubt worden war, durch den Friedhof auf die andere Seite zu gehen, um Brot zu kaufen. Ihre Mutter hatte sie mitgenommen. Sie waren denselben Weg zurückgegangen, sie hatte einen großen Laib Brot getragen und ihn dabei mit

aller Kraft an sich gedrückt. Er war warm und duftete. Sie wollte, es würde ewig dauern – dieser Rückweg zwischen den Gräbern.

Ich fragte sie nach ihren Eltern.

»Mein Vater beging Selbstmord.«

»Im Ghetto?«

»Nein, 1920. Er war Offizier gewesen, ein alter Legionär, ausgezeichnet mit dem *Virtuti Militari* für Tapferkeit. Während des Krieges mit den Bolschewiken erließ General Sosnkowski den Befehl, alle Juden in der Armee zu internieren. Man brachte sie nach Jabłonna. Mein Vater konnte diese Erniedrigung nicht verwinden. Er erhängte sich in der Toilette.«

»Warum so ein Befehl?«

»Der General hatte eine krankhafte Angst vor einer von den Juden errichteten kommunistischen Herrschaft.«

Wieder spürte ich den unangenehmen Hauch der Geschichte, die seit einiger Zeit immer häufiger in mein Leben trat.

Das war mein erster Kontakt zu einer Vertreterin jenes Volkes. Vielleicht nicht ganz. Mein amerikanischer Bekannter jüdischer Herkunft, oder einfach ein Jude, denn dafür hielt er sich, sagte mir, daß die echten Juden im Jahre sechsundvierzig Polen verlassen hätten.

Das Schicksal dieser Frau war das erste jüdische Schicksal, das zu mir sprach, auch wenn mein Amerikaner das bezweifelte.

Ihre Mutter war erschossen worden, als sie für Nahrungsmittel auf der anderen Seite der Mauer unterwegs war. Freunde der Eltern führten sie und ihre Stiefschwester aus dem Ghetto. Sie mußten sich trennen. Sie bekamen Kärtchen mit Adressen. Sie hatte Glück, ihrer Schwester erging es schlechter. Sie war damals noch ein Kind, gerade neun Jahre alt. Jemand brachte sie bis an das angegebene Haus, weiter ging sie allein. Aber in der vereinbarten Wohnung war schon jemand anderes. Es hatten sich dort zwei Prostituierte eingerichtet. Eine von ihnen öffnete. Das Mädchen gab ihr die Karte.

»Familie Witkowski wohnt hier nicht mehr«, bekam sie zu hören.

Auf dem Gesicht des Kindes mußte die ganze Dramatik dieser Antwort sichtbar geworden sein, da die Frau es bei der Hand nahm und nach drinnen führte. Zum Glück waren beide Damen gerade frei, normalerweise empfingen sie um diese Zeit deutsche Soldaten. Ihr Niveau und ihr Äußeres schlossen den Besuch von Offizieren aus, für jene waren die Edelhuren reserviert.
Die Schwester meiner Bekannten vom Friedhof richtete sich in einer Kohlenkammer ein, zu der man vom Treppenhaus aus gelangte. Sie zitterte dort vor Kälte und verbrachte viele Stunden im Dunkeln, aber es war relativ sicher. In die Wohnung durfte sie nach Ende der Besuche, also in den frühen Morgenstunden. Es herrschte dann Betrieb, die zwei Frauen gaben sich der Toilette hin, aber auch anderen hygiensch-vorbeugenden Maßnahmen, wozu sie eine große Spritze benutzten, wie sie normalerweise bei Pferden verwendet wird. Sie wußten sich auch bei einem Reinfall zu helfen. Das Mädchen nahm an zwei solchen hausgemachten Abtreibungen teil. Sie war die Hilfskraft und reichte die Instrumente, Küchengeräte, die zuvor ausgekocht worden waren. Jahre später, schon als Gynäkologin, schätzte sie die Fähigkeiten einer der Damen sehr hoch, die Eingriffe waren geschickt und fachmännisch ausgeführt worden. Zum Glück war jedesmal die andere vom Pech verfolgt, jene, die auf diesem Gebiet weniger befähigt war.
Ihre kalte Wohnung leistete ihr gute Dienste, bis auf einmal, als sie eine Lungenentzündung bekam. Beide Damen pflegten sie liebevoll und richteten ihr für die Dauer der Krankheit einen Platz im Empfangszimmer ein. Daneben gab es noch die Küche, die im Hinblick auf die schwierigen Wohnverhältnisse ebenfalls in einen Salon verwandelt worden war. Das Mädchen lag hinter einem Paravent und durfte kein Lebenszeichen von sich geben, also auch nicht husten. Das war unendlich schwierig, manchmal geradezu unmöglich. Sie preßte ihr Gesicht ins Kissen und erstickte fast vor Anstrengung. Während ihrer Krankheit achteten die Damen mehr als sonst darauf, daß die Gläser ihrer Kunden gefüllt waren, um ihnen leichter vormachen zu können, hinter dem Paravent sei

niemand. Dort stünden nur »Gerätschaften«, die anzuschauen den Männern nicht zieme.
»Niemand mag es, wenn man ihm in die Küche kommt«, erklärte eine der beiden einem Feldwebel, der behauptete, Husten gehört zu haben. Sie redete ihm schließlich ein, es sei hinter der Wand gewesen.
Sie waren wirklich gut zu ihr, sie fanden während ihrer Arbeitszeit immer einen Moment, um nach ihr zu schauen, ihr zu trinken zu geben oder ihr das Hemd zu wechseln. In der kritischen Nacht, als das Mädchen wirklich mit dem Tod rang, ließen sie ihre Kunden nicht über die Schwelle. Sie nannten sie aus unerfindlichen Gründen Mischka, obwohl ihr richtiger Name Izabela war.
Sehr bald konnte sie sich den Damen gegenüber revanchieren, zumindest der einen von beiden. Es war während der Frühstückspause. Sie saßen zu dritt am Tisch in der Küche, als drei maskierte Männer mit einer Maschinenpistole in die Wohnung stürzten. Der größte riß sie unter seinem Mantel hervor. Sie verlasen den vor Schreck gelähmten Frauen das Urteil und schossen der einen in den Bauch. Das war jene, die das Mädchen an die Hand genommen und ins Haus geführt hatte. Die andere schützte das Kind mit seinem Körper. Unter den Vollstreckern des Urteils herrschte Verwirrung.
»Was ist das für ein Kind? Hier sollte gar kein Kind sein.«
»Ich bin kein Kind, ich bin aus dem Ghetto«, schrie es und drückte sich an die verängstigte Frau, »ich verstecke mich hier.«
Die Männer berieten sich einen Moment lang, dann verließen sie wortlos die Wohnung. Die Frauen schmiegten sich von Weinkrämpfen geschüttelt eng aneinander. Die Verletzte stöhnte in einem fort, sie beugten sich über sie.
»Weshalb?« flüsterte sie unter Mühen, »ich ... ich habe doch nur gearbeitet.«
Der Tod der einen Prostituierten veränderte die Situation des Mädchens, sie belegte jetzt die Küche, sogar während der Besuche. Die Tür wurde dann mit der Anrichte zugestellt, als wäre es eine Einzimmerwohnung. Sie konnte nur

kein Licht machen, damit es nicht zwischen den Ritzen durchschien, aber im Vergleich zu vorher waren das Ferien.
Im Verlauf der Erzählung war die Heldin der Geschichte gekommen, eine gutaussehende Frau mit intelligenten Augen.
»Ich wußte nicht, daß ihr euch kennt«, begann sie von der Schwelle her, dann wandte sie sich an ihre Schwester. »Warum hast du mir davon nie etwas gesagt?«
Die andere wußte nicht so recht wovon.
»Aber das ist doch Frau Łazarska«, sagte die Gynäkologin.

Tonbandaufnahme
Ich Ich wäre aus dem Schock nicht mehr herausgekommen. Sie klagen sich an, Ihren Vater in einer schweren Lage zurückgelassen zu haben...
Anna Łazarska In einer tragischen.
Ich Es ist vorgekommen, daß Mütter Selbstmord begangen haben und ihre kleinen Kinder ohne jeden Schutz zurückließen. Dabei ist doch der Mutterinstinkt ein starker Hinderungsgrund, der aber, wie Sie sehen, manchmal auch versagt.
Anna Ł. Sie haben sicher recht, nur hat das seine Zeit gebraucht. Ich hatte Pläne gemacht, Briefe geschrieben, ich hatte mich auf die Reise vorbereitet. Zuerst kam die Einladung von meiner Schwester, danach war da das Warten in der Schlange vor dem Paßamt, die Besorgung des Visums. Zuerst in der amerikanischen Botschaft ein ziemlich demütigendes Verhör, ob ich nicht etwa vorhätte, dortzubleiben und so weiter. Ob ich nicht irgendeinen Besitz nachweisen könne. Aber ja, selbstverständlich, ich habe ein Haus in Warschau. In Skarpa, sehr viel wert, selbst in fremder Währung... Und dann die deutsche Botschaft, die bundesdeutsche, wo es schon leichter ging... ich holte mir dort kein Transitvisum, sondern ein Aufenthaltsvisum, ich weiß nicht warum... vielleicht wußte ich damals schon, daß ich unterwegs Station machen würde... Das alles sah nach einer wohlüberlegten

Handlung aus... Bedenkt man, daß er schwächer war und sich nicht zur Wehr setzen konnte, er wußte im übrigen auch nicht, gegen was, ich hatte ihn nicht eingeweiht, dann war das niederträchtig. Ja, das ist das richtige Wort.

Ich Ein Schock dauert manchmal sehr lange, nicht Monate, sondern Jahre...

Anna Ł. Sie wollen mich verteidigen, danke. Aber ein Schock, der Jahre dauert, ist schon etwas ganz anderes, das hat auch einen anderen Namen. Ein Schock ist gewöhnlich von kurzer Dauer, danach kann man schon von seinen Folgen sprechen. Vielleicht war ich im Verlauf dieser Monate nicht ich selbst, aber ich war auch nicht jene andere, ich existierte irgendwo dazwischen. Ich hätte also alles liegen lassen, hätte handlungsunfähig sein müssen. Aber meine Handlungen waren scheinbar logisch.

Ich Sie selbst sagten »scheinbar«.

Anna Ł. Alles brach buchstäblich zusammen, es war eine Verkettung von Ereignissen. Ich glaube, ich kann sagen, daß in mir plötzlich ein bestimmter Kode kaputt ging. Allein schon, daß Maria und Jesus nun keine Daseinsberechtigung mehr hatten, weil sie von der Religion meiner Eltern nicht anerkannt wurden. Dieser Jude aus Wien erzählte mir, er habe sich als neunzehnjähriger Junge in eine Amerikanerin verliebt, die seine Liebe erwiderte. Er wußte, daß er nicht bei ihr bleiben durfte, aber er zögerte den Moment des Abschieds hinaus, weil er sehr glücklich war. Schließlich aber kam der Augenblick. Ich konnte das nicht verstehen. Ich konnte nicht begreifen, worum es ihm ging. Er sagte: »Und wenn sie zu Hause einen Weihnachtsbaum mit Kerzen aufgestellt hätte, dann wäre ich aus dem Fenster gesprungen...« Ich mußte auf einen barmherzigen und verzeihenden Gott zugunsten eines eitlen und bösartigen Gottes verzichten. Das lohnte sich doch nicht. Der gekreuzigte Jesus konnte mich eher verstehen, er war ein Mensch wie ich. Der jüdische Gott verlangte einen sofortigen Wechsel des Glaubens und daß ich mich vor ihm demütigte; Christus am Kreuz litt für mich, ohne eigentlich etwas dafür zu verlangen. Außer vielleicht, daß ich meine Augen zu Ihm hinwenden würde. Aber das war keine Drohung,

Er bat mich darum. Mein Großvater nahm sich sofort meiner sündigen Seele an. Von ihm erfuhr ich, daß Gott strafend und grausam ist. Großvater lebte in Furcht vor Ihm und, o Wunder, diese Furcht richtete ihn im Leben auf. Das Ghetto brannte, und er saß in irgendeiner Ecke und bestätigte Gott immer wieder, Du hast recht, Du weißt, was Du tust. Und Gott errettete ihn. Das Feuer wurde schwächer und erlosch schließlich. Ringsum war es öde, nur hier und da erhellte eine erlöschende Flamme das Schwarz der verbrannten Mauern. Großvater kam aus seinem Versteck heraus, er irrte über Schutt und Asche und war enttäuscht, daß er nicht ein Teil davon geworden war. Da sagte ihm Gott, geh weg von hier und beschreibe alles. Und der tat das für Gott und machte sich deshalb keine Gedanken, daß seine Bücher nicht erschienen... Bei mir war es viel schlimmer, ich hatte keine solche Motivation...

Ich Der Glaube hat in Ihrem Erwachsenenleben doch keine große Rolle gespielt. Wir haben darüber gesprochen.

Anna Ł. In schweren Augenblicken wendet sich der Mensch immer Gott zu. Für mich kam das nicht in Frage. Ich wußte nicht, wer mein Gott ist. Das zog andere Ungewißheiten nach sich. Ich wußte auch nicht, wer mein Held war, denn Sobieski vor Wien, einst mein Lieblingskönig und Lieblingssoldat, war es nicht mehr. Jetzt mußte ich in der jüdischen Geschichte suchen, die weniger kämpferisch war, dafür leidvoller. So jemand wie Doktor Korczak, was hat er getan? Geht mit seinen Kindern in die Gaskammer. Ein jüdischer Held kann nur schön sterben.

Ich Wenn ich mich einmischen darf: ein polnischer auch.

Anna Ł. Sie haben in gewisser Weise recht, aber die Polen sterben in einem anderen Stil, stolz und bis ans Ende mit erhobenem Haupt. Die Juden sterben auf den Knien.

Ich Sie sollten wahrscheinlich die Vergangenheitsform gebrauchen. Das hat sich jetzt geändert, und manche nehmen ihnen das übel.

Anna Ł. Die Gegenwart interessiert mich weniger.

Ich Aber gerade die geht Sie am meisten an.

Anna Ł. Nein, mich geht das an, was sich vor vierzig Jahren abgespielt hat.

Ich Damals wollten sie auch nicht auf den Knien sterben, immerhin wurden Sie aus dem Ghetto gebracht, weil dort der Aufstand losgehen sollte...
Anna Ł. Aber gegen wen... Verzeihung.
Ich Ich bin nicht böse. Daß ich ein Deutscher bin... für mich ist es bedeutend schwerer, mich der Vergangenheit zuzuwenden...
Anna Ł. Ich frage nicht, wer Ihr Vater war. Ich will es nicht wissen.

(Das war zwischen uns der erste derartig scharfe Wortwechsel, ich dachte, sie würde mich rausschmeißen oder bestenfalls mit der Aufnahme aufhören wollen, seit einiger Zeit wußte sie, daß ich unsere Gespräche aufnahm, aber nein, wir wandten uns wieder der Arbeit zu.)

Anna Ł. Ich konnte trotz der Tabletten nicht schlafen, in meinem Kopf verknäulten sich all die Fragen, die mich tagsüber quälten und auf die ich keine Antwort fand. Ich schlief regelmäßig mit einem Gefühl der Bedrohung ein, und genauso wachte ich wieder auf... Es gab Momente, da machte ich mir Sorgen um mein Gehirn. Es schien sehr krank zu sein. Die Verantwortung für meinen Vater verbot es, daß ich mich derartig von den Problemen absonderte. Ich wußte, ich mußte Abstand gewinnen und durfte nicht alles so tragisch sehen. Nur die Krankheit meines Vaters ließ sich nicht abwenden, über jedes andere Thema müßte ich versuchen, mich mit meinem Schicksal abzusprechen. Aber die Zukunft schien völlig unklar. Beim Gedanken an sie verging ich vor Angst, ich fühlte mich dabei wie ein Mensch mit einer Kugel im Kopf, der nicht weiß, was sie ihm noch läßt, ob sie ihn nur lähmt oder ihm das Leben nimmt...
Ich Sie brauchten Ruhe. Zeit zum Nachdenken. Die Idee mit der Zwischenstation auf dem Wege zu einem neuen Leben war gar nicht so dumm.
Anna Ł. Ich machte Zwischenstation, um wieder umzukehren. Aber es stellte sich heraus, daß auch das aus objektiven Gründen nicht möglich war. Sie hatten die Grenzen geschlossen.

(Auf dem Band, das Anna Łazarska benutzte, fand ich eine von unseren Gesprächen unabhängige Aufzeichnung, leider bricht sie in der Mitte ab. Die Frage bleibt, ob sie einen Teil aus Unachtsamkeit gelöscht oder aber wieder aus Unachtsamkeit nicht alles gelöscht hatte. Dieses eine Mal redete Anna Łazarska mich mit dem Vornamen an. Ich habe das unbestimmte Gefühl, daß sie getrunken hatte.)

Anna Ł. Hör mal, Hans, ich wollte dir schon lange sagen... du denkst sicher, daß ich denke, na ja, diese Jüdin und dieser Deutsche... was für eine Situation, einfach ein Dauerorgasmus... Würde ich so denken, säßest du schon längst vor der Tür... Ich sehe das so... ein Mensch, ein anderer Mensch... und diese zwei Menschen erwarten, ich weiß nicht, was du erwartest, aber ich...

Aus den Aufzeichnungen von Anna Łazarska
Im Drehbuch meines ziemlich komplizierten Lebenslaufs darf ein Liebesabenteuer nicht fehlen, das mit ungewöhnlicher Perfidie inszeniert worden war, wenn man bedenkt, daß es wegen meiner Abstammung keine Aussicht auf Erfolg hatte. Ich war Polin und er ein orthodoxer Jude. Er zog den Augenblick unserer Trennung hinaus, wie schon einmal in seinem Leben, weil er glücklich war. Vielleicht war er sich wirklich nicht sicher. Als ich aus Wien nach Warschau zurückkehrte, hätte zwischen uns alles zu Ende sein sollen. Aber es kam ein Brief, ich solle ihn doch nicht so ganz und gar ausstreichen, er müsse sich noch etwas überlegen, sich entscheiden. Er wisse nicht, ob ich nicht am allerwichtigsten sei, ob ich für ihn nicht mehr als seine Familie bedeute, von der er, wenn er sich für ein Leben mit mir entschiede, sich würde trennen müssen. Warte noch, schrieb er. Mich rührte ein Einschub auf polnisch: »Aber ich wußte nicht, wozu Du geliebt hast so ein dickköpfig Juden. Damals im Park, als wir uns unterhielten, fand ich in Dir Liebe und Nähe in Hülle und Fülle.«
Also wartete ich, weil ich warten wollte. Er schrieb, wenn er im Februar komme, bedeute dies, wir seien zusammen. Es

war September. Ich wartete. Im Februar kam ein Brief, in dem er um Aufschub bis zum Herbst bat. Ich gab ihn ihm, versicherte mich nur, um welchen Herbst es ihm ging, Spätherbst oder Frühherbst. Er wählte den mittleren, also Ende September, Anfang Oktober. Da hat er Konzertpause, da kommt er. Schon fast mit Sicherheit. Er wisse jetzt, daß ich die Sonne seines Lebens sei. Am Tag, als der Brief kam, fühlte ich mich glücklich... Ende Oktober fand ich im Briefkasten eine Benachrichtigung für ein Einschreiben aus Amerika.
No, I do not think it could have worked between us. For all the reasons we talked about. It is too bad, because there was a lot of joy last year and light. There were many moments when I felt very happy. But we are largely where we come from, and I could not have changed that. The hold of my background is too strong. So I will pay. Still I feel very close to you and think of you every day.
Beim Lesen hatte ich Tränen in den Augen, und es waren Tränen der Enttäuschung. Ich konnte ihn nicht verstehen, so wie ich ihn auch jetzt nicht verstehe. Von ihm habe ich diesen Ausdruck zum erstenmal gehört: »fremdes Blut«. Warum? Er hatte so ein vertrautes Gesicht. Konnten wir uns wirklich fremd sein?

Tonbandaufnahme
Ich Ihre Wirtin hat mir gesagt, Sie hätten Besuch gehabt. War das eine Polin?
Anna Łazarska Das war eine März-Jüdin. März deshalb, weil ihr damals ihre Abstammung in Erinnerung gebracht wurde. Als junges Mädchen war sie durchs Lager gegangen, sie war eines der Versuchskaninchen von Doktor Mengele gewesen. Sie hat mir die Stellen auf ihrem Körper gezeigt, wo die Experimente gemacht worden waren. Auf dem Bauch und den Schenkeln hatte sie Geschwülste, die zum Teil operativ entfernt wurden. Es sind tiefe Narben geblieben. Sie wollte den Krieg und die Deutschen vergessen. Sie arbeitete als Bibliothekarin an einer Universität, sie heiratete einen Polen und hatte mit ihm zwei Kinder. Es gelang ihr, die Vergangenheit auszustreichen. Aber die Vergangenheit hat sich ihr

selbst wieder in Erinnerung gebracht. Es fanden sich Leute, die das zurückbrachten, von dem sie geglaubt hatte, sie hätte sich dessen auf ewig entledigt. Jetzt ist sie in Deutschland, weil ihre Kinder hier leben. Jedesmal, wenn sie aufwacht und die deutsche Sprache hört, hat sie das Gefühl, dort zu sein, in Auschwitz. Die Deutschen sind jetzt sehr gut zu ihr, man hat ihr gegen ein hohes Honorar angeboten, öffentlich aufzutreten. Sie sollte darüber sprechen, was ihr widerfahren ist, und die Leute warnen. Sie hat abgelehnt. Sie kam zu mir, weil sie in einem Komitee ist, das Hilfe für Bedürftige in Polen organisiert. Sie bat um Adressen, an die sie Pakete schicken können.

Am ersten Tag, als die Telefonverbindungen wieder in Betrieb genommen wurden, versuchte die Łazarska, mit Warschau zu sprechen. Aber das Telefon im Haus ihres Vaters blieb stumm. Das machte uns etwas unruhig, aber wir kamen zu dem Schluß, daß er entweder in der Klinik lag oder den Hörer nicht abnahm, eine dritte Möglichkeit zogen wir nicht in Betracht. Das heißt, ich vielleicht ein bißchen, sie überhaupt nicht. Schließlich entschloß sie sich, ihren früheren Mann anzurufen, die von ihm empfohlene Pflegerin hatte zu Hause kein Telefon. Als sich am anderen Ende jemand meldete, verließ sie plötzlich der Mut. Sie gab mir den Hörer. Ich fragte nach Witold Łazarski und nach dem Grund, warum sein Telefon stumm blieb. Sie starrte mich an, und als ich das Gespräch beendet hatte, fragte sie mit veränderter Stimme.
»Wie fühlt er sich?«
»Gut... Das heißt, er ist gestorben...«
Und das war der dümmste Satz, den ich in meinem Leben gesagt habe.

Aus den Aufzeichnungen von Anna Łazarska. Die Sätze sind in großer Eile über die Seiten geschrieben

Was fühle ich? Verwunderung. Grenzenlose Verwunderung, daß es ihn nicht mehr gibt. Und nicht mehr geben wird. Unausgesprochene Liebe und eine Verbundenheit mit seinem toten Körper. Mit den geschlossenen Augen. Ich weiß, wie seine Lider aussehen. Sie sehen aus, wie aus den Augenhöhlen gewachsen. Sie ahnten es als erste... immer hatte ich Angst, wenn ich ihn so schlafend sah... Die wächserne, straff über den Schädel gespannte Haut, ihre vielen Falten am Hals. All das ist schon erstarrt. Es gibt keine Bewegung mehr darin. Kein Gedanke belebt sie mehr. Kein verständnisvolles Einvernehmen. Unter dem Alter und der Krankheit aber hatte es seinen wachen Geist gegeben. Sein Greisenmund öffnete sich, um das vertraute: »Anna!« zu sagen und den Altersunterschied zwischen uns aufzuheben.

Warum war er damals, als er sich an der Mauer nach mir bückte, nicht zehn Jahre jünger? Wir hätten noch zehn Jahre länger zusammensein können...

Zuletzt war er so klein und leicht gewesen, als hätte er Luft in den Knochen. Ein bißchen erinnerte er wirklich an einen Vogel: ein scharfes Profil, ein langer, auffallend magerer Hals...

Wie läßt es sich ohne seine Stimme leben? Seine Stimme gab mir Leben...

Und ein irrlichternder Gedanke: Er konnte nicht sterben, bevor ich ihm nicht gesagt hatte, daß ich zu ihm zurückkomme.

So stirbt man nicht! Das ist eine furchtbare Schweinerei. Nie wollte er auf mich warten. Ich band mir meinen Schuh zu, und er ging weiter. Ich mußte ihm nachrennen – mit meinem Herzen! Nur, wem soll ich den Vorwurf machen? Mein Vater hat kein Gedächtnis mehr.

Ich werde ihm »dorthin« folgen und es ihm sagen, aber ob wir zusammensein können? Wer will sich »dort« zu mir bekennen?...

Und gleich darauf: Ich verliere den Verstand. Ich lebe doch. Er würde es überhaupt nicht wollen, er ist so wütend geworden, wenn ich etwas aufgegeben habe. Er warf mir Mangel an Charakter vor. Schwäche. Deshalb habe ich ihn am Ende verlassen, weil ich schwach war...

Es gibt ihn nicht. Es gibt ihn wirklich nicht. Obwohl das immer wie ein Scherz geklungen hatte. Über so einen Satz hatte ich nur lachen können...

Ich habe weiche Knie wie damals auf der Treppe, als wir uns begegneten, ich mit dem Geigenkasten unterm Arm... Für ihn war das Resignation, für mich eine Wahl. Aber eigentlich hatte die Geige mich gewählt.

Ich war immer unfähig gewesen, einen Entschluß zu fassen, schon auf dem Warschauer Flughafen wollte ich zu ihm zurück, aber die Stewardeß rief mich. Ich folgte ihr und stieg ins Flugzeug...

Mein Ex-Mann, den er so gar nicht hatte ausstehen können, erledigte alle Formalitäten, dann folgte er seinem Sarg in Begleitung dieser zufälligen Frau, dieser Pflegerin. Wie, um Himmels willen, ist es dazu gekommen? Wer ist schuld?

Ich wollte ihm immer dienen und fühlte mich dabei sogar glücklich. Ich reichte ihm die Pantoffeln, kaufte die Zeitung... Ein treuer Hund, ein Bote... Vielleicht ahnte ich, daß er mich einst wie einen räudigen Hund nach Hause gebracht hatte. Und er ließ sich nicht dadurch abbringen, daß ich abstoßend war, daß ich stank...

Das Schicksal hat mit dem Finger auf uns gezeigt, das Schicksal schickte ihn damals an die Mauer. Und er gehorchte, zog sich Mantel und Hut an und nahm seinen Regenschirm...

Ich beweine seinen kranken, mumifizierten, in ein paar Bretter eingeschlossenen Körper... Er war immer mein Bezugspunkt gewesen. Das verstorbene Gehirn hatte für mich gedacht, mir diktiert...

Fallen mir zehn Sätze ein, die er zu mir gesagt hat?

1 Du hältst deine Ellbogen beim Essen zu weit auseinander, du siehst wie ein aufgeplustertes Huhn aus.
2 Es ist schon nach zwölf, mach das Licht aus, morgen hast du einen schweren Tag.
3 Anna, du hast keinen Schal an, heute weht ein scharfer Wind!
4 Wenn du willst, kannst du Fil ausführen, laß ihn aber nicht von der Leine, die Hündin der Nachbarn ist läufig.
5 Denkst du daran, daß du heute zum Zahnarzt mußt?
6 Dieser amerikanische Impresario hat angerufen, er wird morgen früh noch mal anrufen.

7 Ich habe »LOT« angerufen, das Flugzeug fliegt um neun. Ich habe die Reservierung gemacht.
8 Ein Zettel auf dem Küchentisch: »Ich gehe schon schlafen, der Truthahn ist im Kühlschrank, Preiselbeeren sind in einem Glas in der Tür.«
9 Du hast dir wieder die Haare geschnitten?
10 Ich gehe jetzt, gegen zehn müßte ich zurück sein.

Solche Gespräche mit dem eigenen Vater? Wo sind die anderen Sätze, die wir nicht ausgesprochen haben? Wenn wir es nur gekonnt hätten... außer dem üblichen Alltagskram gab es doch auch noch uns, ihn und mich... und all diese gemeinsamen Ebenen, bestanden die also ohne Worte? Wirklich ohne Worte?
Wie hätte ich ihm sagen sollen, daß ich zu ihm zurückkommen will..., wo ich ihm nicht gesagt habe, daß ich von ihm weggehe... Ich habe es nicht gesagt, weil ich es nicht sagen konnte... ich konnte es einfach nicht...
Ich konnte ihm nicht gestehen, daß er mich verletzt hatte. Er hat mich für eine derartige Eventualität nicht programmiert... Ich rede Blödsinn... er hat mir wirklich nichts aufgezwungen... er hat mir völlige Freiheit gelassen, ich war es, die bei ihm sein wollte...
Leben! Da du erlaubst, daß wir dich als Geschenk erhalten, sei menschlich. Dich kann man nicht durchleben. Dich kann man nur durchleiden. Du erreichst jeden, Kind, Frau, Alte... Jeden betrügst du und demütigst du nur deshalb, weil er es gewagt hat, dich anzunehmen.
Leben! Warum hast du mich von meinem Vater weggeschleppt? Du trägst dafür die Verantwortung. Ich verzichte auf dich. Nur wie läßt sich das machen, ohne sinnlos zu sein?
Auf diese Frage fand die Łazarska eine Antwort.

Letzter Eintrag im Tagebuch von Witold Łazarski
Mir fiel ein Vorfall ein, den Z. erwähnt hat. In Warschau erzählte man ihn sich als jüdischen Witz, aber Z. schwört, daß so etwas im Ghetto im Herbst 1940 passiert ist. Da sollte also

die Wohnung einer Frau, einer alleinstehenden Mutter mit ihren Kindern, zwangsgeräumt werden. Die Frau flehte den deutschen Offizier um Mitleid an.
»Sie können unter der Bedingung hierbleiben, daß Sie erraten, welches mein künstliches Auge ist.«
»Das linke«, erwiderte sie, ohne zu zögern.
»Wie haben Sie das erraten?«
Darauf die Frau:
»Weil es menschlich schaut.«
Es ärgert mich, daß ich Z. nicht gefragt habe, ob der Offizier sein Wort gehalten hat.

Aus den Aufzeichnungen von Anna Łazarska. Eine Seite, die ich übersehen hatte

Wir kamen spät abends in K. an, und mein Vater war der Meinung, es sei zu spät, um noch einen Besuch zu machen. Aber ich mußte doch Władek wiedersehen. Während der sechs Jahre hatten wir uns einmal gesehen, er war zu mir gefahren.
Verstimmt und traurig landete ich im Bett. Aber ich hatte Władek unterschätzt. Ein paar Minuten, nachdem das Licht gelöscht worden war, klopfte er ans Fenster, obwohl es hoch im ersten Stock lag.
Im Dunkeln ertastete er mein Gesicht und meine Haare, und mit seinen Händen prüfte er sorgfältig, ob ich das auch wirklich war, dann umfaßte er meine Taille.
»Du bist kein bißchen dicker«, sagte er unzufrieden, »du mußt zunehmen.«
»Wozu?« fragte ich sachlich.
»Weil ich dich heiraten werde.«
Er heiratete mich nicht, aber wir trafen uns Jahre später unter ziemlich ungewöhnlichen Umständen. Ich kam einige Monate später aus dem Ausland zurück, als ich das in meinem Formular angegeben hatte. Im Paßbüro verlangte man eine Erklärung von mir. Wie sich herausstellte, mußte ich sie vor Władek abgeben. Er war gewachsen und dick geworden, er erinnerte jetzt sehr an Herrn Brzózka. Er hatte seinen Namen in Brzozowski geändert, weil er meinte, sein wirklicher sei

zuwenig gewichtig für so ein Amt. Ich wunderte mich nicht, als ich ihn in dieser Rolle sah, er eignete sich tatsächlich für sie. Die Worte meines Vaters bewahrheiteten sich, er hatte einst gesagt, Władek habe das Herz eines Staatssicherheitlers.

Brief, den die Łazarska auf dem Tisch in der Pension hinterließ

Ich klage die Menschen des Märtyrertodes meiner Schwester Chaja an,
des vergeudeten Lebens meiner zweiten Schwester, Ewa, des Todes meiner unbekannten Mutter und meines unbekannten Vaters,
des Leidens und Hungertods meines Onkels Natan,
des unendlichen Leidens meiner Tante Sara, ihres Mannes und ihrer Kinder.
Ich klage sie des Todes meiner neunzehnjährigen Tante Sonja an und der Verzweiflung meiner Tante aus der Chłodna-Straße.
Ich klage sie an, daß mir die Chance einer würdigen Kindheit verwehrt wurde.
Ich klage sie an, daß ich an dem guten Menschen Witold Łazarski gezweifelt habe, daß ich ihn in seinem Leid und seiner Krankheit verlassen habe.
Ich klage sie an, daß mich der Krieg nach vierzig Jahren eingeholt hat.
Gesund an Körper und Geist bezeuge ich, daß ich mein über viele Jahre verlorengegangenes Schicksal annehme. Ich fühle mich als Tochter meiner Eltern, Ewa und Samuel Zarg, ich fühle mich als Schwester von Ewa und Chaja und auch als Enkelin meines Großvaters, des Besitzers eines kleinen Restaurants in Wilna und alten Schriftstellers in einer Person.
Ich bin als Tochter des Volkes Israel geboren, und als solche gehe ich von hinnen.
Mit meinem Tod warne ich alle Menschen

ich
Miriam Zarg

Gesund an Körper und Geist bezeuge ich, daß ich mich als die einzige Tochter von Witold Łazarski fühle, daß ich in ihm meinen wahren Vater erkenne. Daß ich ihn zu Lebzeiten bewundert, geliebt und verehrt habe und ihn nach seinem Tod in gleicher Weise bewundere, liebe und verehre.
Mit meinem Tod warne ich alle Menschen

ich
Anna Łazarska

Ich benachrichtigte Annas Schwester und ihren Schwager. Sie kamen im eigenen Flugzeug. Ich erwartete sie auf dem Flughafen. Als Ewa Zarg-Seideman auf mich zukam, verstand ich, warum Annas Großvater sie sofort erkannt hatte, vorher hatte ich ihr nicht so recht geglaubt. Sie waren sich tatsächlich verblüffend ähnlich. Das war Anna ein paar Jahre älter, dasselbe Gesicht, dieselben – wie sie das einmal genannt hatte – »schrecklich schwarzen Augen«.
Das Gespräch führten wir auf französisch, da mein Englisch nicht gut ist. Ewas Mann übersetzte. Ich war darüber sogar froh, denn alles, wonach sie mich fragte, erreichte sie aus zweiter Hand, und vielleicht war es für sie dadurch leichter, es zu akzeptieren.
Sie fragte, ob ich ihre Schwester gesehen hätte, nachdem sie gestorben war, ich bejahte. Dann fragte sie, ob Annas Gesicht heil geblieben sei. Ich sagte ja. Sie war auf ein Autodach gefallen, das ihren Sturz gedämpft hatte, leider nicht genug. Sie starb an inneren Verletzungen.
Später sprachen wir über das Begräbnis. Es war klar, daß sie nicht hier in Westdeutschland begraben werden konnte. Sie wollten ihre Leiche nach Amerika mitnehmen, da sagte ich, daß sie lieber nach Polen zurückgewollt hätte.
»Wozu?« fragte ihre Schwester. »Jetzt gibt es dort niemanden mehr. Großvater ist bei uns in Amerika.«
»Sie hat dort gelebt.«
»Aber da war sie jemand anderes.«
Es schien mir zu kompliziert, ihnen das verständlich zu machen, ich erklärte deshalb, dies sei ihr Wille gewesen. Aber ich war mir dessen nicht ganz sicher.

Nachdem ich Anna Łazarskas Brief gelesen hatte, war mein erster Gedanke, die Materialien sicherzustellen. Etwas von ihr zu retten, zu bewahren, damit sie nicht einfach so mit allem fortging. Meine Hände zitterten, als ich die von ihrer Hand beschriebenen Papiere und die Bänder in meine Tasche steckte. Wir hatten beide Tonbandaufnahmen gemacht, wovon ich bis zum Schluß nichts gewußt hatte. Vielleicht hatte sie mir nicht getraut und wollte ihre eigenen Aufzeichnungen unserer Gespräche haben. Ich kann nicht sagen, was sie wirklich über mich gedacht hat. Anfangs hatte sie mich kühl behandelt, reserviert, später änderte sich das dann.
Wochenlang arbeitete ich die Materialien auf, ich schlief jeweils nur zwei, drei Stunden und nahm mehrere Kilo ab, was zur Folge hatte, daß mich Kollegen auf der Straße nicht mehr erkannten.
Wer war ich während dieser Zeit? Es besteht kein Zweifel, daß ich Anna Łazarskas Sachwalter war, wobei ich gleichzeitig auch die Formalitäten im Zusammenhang mit der Überführung ihrer Leiche nach Polen erledigte. Das war nicht leicht, und der Kriegszustand machte alles noch schwieriger. Ewa Zarg-Seideman konnte mir außer finanzieller Hilfe nichts bieten, dringende Angelegenheiten ihres Mannes riefen sie zurück nach Amerika. Sie flogen in ihrem Flugzeug ab. Die finanzielle Hilfe nahm ich nicht an, ich versicherte ihnen, die Kosten aus dem Honorar für das Buch zu decken. Ich glaube, Anna hätte das so gewollt. Ihr lag doch immer daran, auf eigene Kosten zu leben, und ich glaube, daß sie auch so sterben wollte.
Schließlich stand ihr Sarg auf dem Flugfeld. Anna Łazarska ging allein auf ihre letzte Reise. Ich hatte keine Genehmigung bekommen, sie zu begleiten. Wie die Beamten erklärten, war ich eine unbeteiligte Person. Ein Fremder. Ohne Bindung... Ihren Sarg sollte ihr ehemaliger Mann in Polen in Empfang nehmen. Ich empfahl eine Inschrift für ihr Grabmal, deren ich mir auch nicht ganz sicher war... Auf meinen Wunsch hin schickte mir Anna Łazarskas Mann ein Foto des Familiengrabs der Łazarskis.

Irena Łazarska 1902–1943, geb. in Kielce, Juristin
Witold Łazarski 1902–1982, geb. in Strużno, Jurist
Miriam Zarg 1942–1982, geb. in Warschau, Geigerin
Beide waren im selben Jahr aus dem Leben geschieden, beide durch Selbstmord, was sie zum Glück nie erfahren hat. Sie hat nicht erfahren, daß er beim Anblick der Pflegerin gefragt hatte: »Wo ist meine Tochter?« und am selben Abend eine doppelte Dosis Morphium nahm.
Nach Ablieferung der Materialien im Verlag (ich würde nicht so weit gehen zu sagen, es sei ein Buch, das waren nur Bruchstücke aus Anna Łazarskas Schicksal, von dem ich nicht weiß, inwieweit es mir gelungen ist, dessen Dualität zu erfassen) befand ich mich in einem Zustand der Leere. Ich schloß mich in meine Wohnung ein, ich ging nicht ans Telefon und empfing niemanden. Ich trank. Das dauerte wohl einige Wochen. Vor mir zogen die Bilder der letzten Monate vorbei. Annas Gesicht von einem Lächeln erhellt, Annas Gesicht in Tränen, Annas Gesicht in Wut... Hätte ich dem zuvorkommen können, was passiert war? Wieviel hatte von mir abhängen können? Sie hatte mich getäuscht. So ruhig. So ruhig hatte sie die Nachricht vom Tod ihres Vaters aufgenommen. Es hatte den Anschein gehabt, als hätte sie sich damit abgefunden und sogar eine gewisse Erleichterung verspürt. Die Angelegenheit in Polen hatte sich selbst erledigt. Mein Gott, wie dumm war ich! Wie anmaßend! Ich hatte geglaubt, diese Frau zu kennen, ihre Reaktion voraussehen zu können... Ein eingebildeter Idiot war ich gewesen. Vielleicht, wenn ich ihr gesagt hätte, daß es in keinem der Häuser im Ghetto neun Stockwerke gegeben hat, vielleicht hätte sie das abgehalten, sie hätte ihr Fenster nicht gefunden... Aber während ich in der Redaktion herumschwänzelte, oder vielleicht trank ich am Büfett ein Bier, da... der 22. März war ihr Geburtstag... sie wollte ihn zum erstenmal in ihrem bewußten Leben feiern, ich hätte sie damals nicht allein lassen dürfen... Was für ein furchtbarer Fehler!... Wir hatten uns wie gewöhnlich für drei Uhr nachmittags verabredet. Ehrlich gesagt, ich hatte vergessen... für mich und für die Welt wurde Anna Łazarska am 25. Dezember geboren. Unser Freund Z. hatte sie um gut ein paar Monate jünger gemacht,

genauer gesagt um sieben... nur... wie hätte ich daran denken sollen, wo doch die Briefe von Chaja erst nach Annas Tod in meine Hände gelangten. Ja... ich hatte nichts gewußt, genauso wie ich nichts von dem neunten Stock gewußt hatte, der auf einer Täuschung des zehnjährigen Mädchens beruht haben mußte. Es war vielleicht der vierte, höchstens fünfte. Wenn sie aus dem fünften Stock auf das Auto gefallen wäre, hätte es vielleicht noch Hoffnung gegeben... was für ein furchtbares Pech... Etwas mußte mich beunruhigt haben, denn ich war plötzlich aus der Redaktion gerannt und in die Pension gefahren. Ich war dort ein paar Stunden vor dem geplanten Treffen. Das Gesicht der Besitzerin sagte mir noch gar nichts. Sie wußte nichts, Anna war einfach ausgegangen. Aber vorher war sie nie ausgegangen, immer hatte ich sie in ihrem Zimmer vorgefunden. Wenn sie sich also jetzt entschlossen hatte, die Pension zu verlassen, konnte das für immer sein. Als sie mein Gesicht sah, lächelte die Frau.

»Sie hat ihre Sachen nicht mitgenommen, sie ist spazierengegangen«, sagte sie, »endlich schnappt sie ein bißchen frische Luft...«

Bei diesen Worten wurde mir schwindelig. Ich bin überzeugt, daß ich in diesem Augenblick an Annas Mutter gedacht habe, die vierzig Jahre früher auch ein bißchen Luft geschnappt hatte... Ich war entschlossen, Anna zu suchen. Ich nahm den Schlüssel zu ihrem Zimmer in der Hoffnung, sie habe eine Nachricht für mich hinterlassen. Aber das war eine Nachricht für alle Menschen...

Es verband mich etwas mit ihr, das sich nicht benennen läßt. Ja, es war ein unbeschreibliches Gefühl, durch das ich bis an mein Lebensende mit ihr verbunden sein würde. Ihr bis in jede Einzelheit vertrautes Gesicht, nicht besonders schön, ein wenig unbestimmt, wurde für mich zu etwas über die Maßen Teures. Die intensive Farbe und Traurigkeit ihrer Augen waren etwas atemberaubend Schönes. In diesen Augen fand die Schönheit der Welt ohne Schwierigkeiten Platz. Und sie hat sie für mich mit sich genommen...

Eines Morgens schaute ich in den Spiegel und stieß dort auf

das verwilderte Gesicht eines unrasierten Kerls. Dieser Kerl sagte mir:
»Anna ist gestorben, du mußt das endlich zur Kenntnis nehmen und weiterleben.«
Und ich antwortete ihm:
»Ich hätte damit rechnen können, daß sie so etwas machen würde. Unbewußt hatte ich vielleicht sogar darauf gewartet...«
Das waren prophetische Worte, denn schneller, als ich dachte, mußte ich an den im Verlag abgelieferten Text zurück.
Nach diesem Selbstgespräch vorm Spiegel nahm ich ein Bad, rasierte mich und, meinen Kaffee wie gewöhnlich in Eile austrinkend, ging zu einem Treffen mit dem Verleger. Er empfing mich etwas betreten.
»Ich hatte gedacht, Sie würden etwas mehr Gewicht auf die Vorgänge in Polen legen«, sagte er, »auf das, was jetzt dort geschieht. Die Öffentlichkeit ist interessiert. Die Leute kaufen das bestimmt.«
»So habe ich das nicht gemeint.«
»Eben. Sie wollen etwas verkaufen, ich will etwas kaufen. Aber danach will auch ich, daß es jemand von mir kauft.«
»Die Sache ist ungewöhnlich. Zumindest verdient sie, beachtet zu werden.«
»Dauernd springt jemand aus dem Fenster oder schießt auf sich. Das ist keine Ware mehr«, warf der hinter dem Schreibtisch ungehalten ein.
»Das ist überhaupt keine Ware. Das ist ein Gericht über die Welt.«
»Soviel ich weiß, hat das Gericht über die Welt noch nicht stattgefunden«, sagte er lächelnd.
»Das denken Sie«, sagte ich und erhob mich.
In den anderen Verlagen verliefen die Gespräche ähnlich, es wiederholte sich das eine: mangelnde Aktualität. Wenn die Heldin aus Protest gegen das, was in ihrem Land passierte, Selbstmord begangen hätte, dann wäre das zeitgemäß. Aber irgendwelche Sachen von vor vierzig Jahren...
»Statt der Briefe der Kleinen aus dem Ghetto schreiben Sie

doch noch Briefe von Frau Łazarska an Jaruzelski. Sie fleht ihn an, aber er will sie nicht einreisen lassen. Und am Schluß ist er schuld an ihrem Tod. Das ist ein Thema.«
Ich war schneller wieder draußen, als ich hereingekommen war, da ich dem Kerl nichts antun wollte.
Ich schrieb an Ewa Zarg-Seideman, daß ich in Westdeutschland keinen Verleger finden könne. Sie versuchte es in Amerika und hatte Erfolg. Mit dem Manuskript im Koffer flog ich nach New York. Diesmal holten sie und ihr Mann mich am Flughafen ab. Als ich auf sie zuging, verblüffte mich wieder die ungewöhnliche Ähnlichkeit der beiden Schwestern.
Kurz darauf saß ich vor dem nächsten Schreibtisch.
»Sehr interessant«, sagte der Amerikaner, »wirklich beachtlich. Nur... Herr Benek, da ist eine Sache: die Form. Die Form eignet sich nicht so sehr für unsere Verhältnisse. Das ist nicht Europa, hier muß alles *easy* sein, sonst wird es nicht gelesen. Hier haben sie Fernsehen und Comics. Höchstens, wenn es ein bekannter Name wäre, aber das ist hier nicht der Fall... Hier läßt sich das einfach nicht anders machen«, fuhr er entschuldigend lächelnd fort. Der Typ war wirklich nicht dumm. »Wenn Ihnen, Herr Benek, ein Blatt rausfällt, dann fügen Sie es doch bitte nicht am Ende an, sondern an seinem Platz...«
Ich machte von der Gastfreundschaft Ewa Zarg-Seidemans Gebrauch und arbeitete an dem Buch, diesmal wirklich. Ich sollte es mit meinem Namen unterschreiben, aber die Heldin sollte Anna sein. Außer technischen Anmerkungen erhob der Verleger zum Glück keine Einwände. Er verlangte weder eine Aktualisierung des Textes noch die Einfügung politischer Akzente.
Eines Tages führte ich auf der Terrasse der Seidemans ein kurzes Gespräch mit dem alten Schriftsteller.
»Wie gefällt es Ihnen in Amerika?« fragte ich. »Wie ich höre, sind Sie erst seit kurzem hier.«
»Mich gibt es schon seit dem Jahre eintausendneunhundertdreiundvierzig nicht mehr«, erwiderte er ruhig.
Ich wohnte mit Ewa Zarg unter einem Dach und schaute sie mir heimlich an. Für mich war sie jemand, der gesehen hatte,

wie der deutsche Gendarm ihrer Schwester die Augen ausriß. Ich kannte ihr weiteres Schicksal und konnte es beim besten Willen nicht mit dieser unscheinbaren Gestalt in Einklang bringen. In ihrem Gesicht war etwas von der Unschuld eines Kindes, ein Staunen über die Welt, dabei hatte sie das Recht, sich über nichts mehr zu wundern.

Sie war sehr aufmerksam. Wenn ich dachte, daß ich gerne noch eine Tasse Tee trinken würde, reichte sie sie mir mit einem kaum wahrnehmbaren Lächeln. Wir aßen an einem Tisch, obwohl die Familie die religiösen Gebote beachtete, ich war davon natürlich ausgenommen. Sie wechselten die Teller, andere für das Fleisch, andere für die Milch, in dem Fall also für den weißen Käse. Annas Großvater sagte mir:

»Die Juden ehren ihren Gott in jeder Minute. Für Ihn beten sie, essen sie und singen sie... unser Leben ist die Religion...«

Ja, das war mit Bestimmtheit ein sehr religiöses Haus, auch die Kinder hielten sich daran. Ewas Töchterchen Chaja war sieben Jahre alt. Sie war unbestreitbar ein schönes Kind mit klugen, etwas zu erwachsenen Augen. Ich dachte, das käme vielleicht von dem Vornamen, den sie trug. Als Ewa und ich uns nähergekommen waren, fragte ich, ob sie nicht fürchtete, daß er das Schicksal ihrer Tochter belasten könnte.

»Dieser Name mußte fortleben«, antwortete sie.

»Und haben Sie keine Angst?«

»Ich habe Angst«, sagte sie schlicht.

Ich arbeitete an dem Buch, an warmen Tagen setzte ich mich gewöhnlich auf die Terrasse, wo man mir unter einen Sonnenschirm ein Tischchen gestellt hatte. Am anderen Ende der Terrasse brachte Annas Großvater der kleinen Chaja Jiddisch bei. Als ich das bemerkte, schnürte es mir vor Rührung die Kehle zu. Ich dachte, daß die Mutter des Kindes vielleicht recht hatte, der Name lebte fort...

Ich gab das fertige Manuskript im Verlag ab und konnte mir die Familie Seideman näher anschauen. Dawid Seideman war fast nie da, er tauchte nur am Wochenende auf. Ewa führte das Haus allein, sie machte die Einkäufe und kochte, zum Saubermachen kam eine Frau ins Haus.

Eines Tages fuhr ich mit Ewa nach Boston, der nächstgelegenen Großstadt. Sie fuhr. Ich hätte nie gedacht, daß sie so ausgezeichnet fahren konnte. Wir überschritten unwesentlich die Geschwindigkeit und wurden fast augenblicklich angehalten. Ewa hörte sich die Predigt an, in deren Verlauf ich ein einziges Mal einen Blick von ihr erhaschte, in ihm schimmerte Einvernehmen auf, als wollte sie mir zuzwinkern. Das machte mich so mutig, daß ich nach dem Hotel fragte, in dem Onkel Natan Hungers gestorben war. Über ihr Gesicht zog sich ein Schatten, und augenblicklich bedauerte ich meine dumme Neugier. Sie erwiderte nichts, wir gingen durch die Geschäfte und machten die Einkäufe, ich half ihr, die Päckchen ins Auto zu laden. Danach tranken wir Kaffee auf der Terrasse eines Cafés. Wir sprachen über ihre Kinder und über das anstehende Fest. Ewas und Dawids Sohn vollendete bald das dreizehnte Lebensjahr, das ist ein großer Tag für die Juden. Ich dachte, wir führen zurück, als sie das Auto überraschend in einer der Straßen anhielt.

»Dort ist es«, sagte sie und zeigte auf ein Haus.

Das kleine Hotel gab es noch immer.

»Gehen wir hinein?« fragte sie.

Ich nickte heftig. Um in das Zimmer zu kommen, mußten wir es zuerst mieten. Wir gingen über eine schmale, mit einem Teppich ausgelegte Treppe nach oben. Wir drehten den Schlüssel um und traten ein. Ein gewöhnliches Hotelzimmer, nicht gerade groß. Ein Bettsofa, ein Tischchen, ein Wandschrank. Ein unpersönlicher Raum.

Ewa schaute sich mit einem eigenartigen Ausdruck im Gesicht um und fing plötzlich zu weinen an. Die Tränen flossen ihr über die Wangen. Impulsiv streckte ich meine Arme aus, und sie drückte sich an mich. Ich streichelte ihre vom Weinen zitternden Schultern. Allmählich beruhigte sie sich. Ich dachte, wenn ich den Mut gehabt hätte, Anna in die Arme zu nehmen, wenn ich den Mut gehabt hätte, ihr meine Arme entgegenzustrecken, dann wäre sie jetzt hier mit mir. Bestimmt hätte sie das Zimmer aufsuchen wollen, in dem Onkel Natan dem Leben entsagt hatte. Vielleicht wollte ich deshalb hierher kommen. Für sie.

Ewa fing an zu sprechen:
»Er hatte ein so ruhiges Gesicht wie nie in seinem Leben. Er lächelte, aber vielleicht war das auch nur der Tod...«
Und als wäre ein Damm in ihr gebrochen, begann sie mich nach Anna auszufragen. Wie war sie? Klug? Gut? Ob sie sehr unglücklich war? Und die wichtigste Frage. Warum hat sie Selbstmord begangen?
»Konnte sie nicht Jüdin sein?«
Nach gründlichem Nachdenken erwiderte ich:
»Sie konnte nicht mehr sie selbst sein.«
Schweigend fuhren wir heim. Als das Auto in die Garage fuhr, sagte ich, für mich selbst überraschend:
»Es ist schwer, Deutscher zu sein. Ich bin so dankbar, daß ihr...«
Ewa Zarg-Seideman unterbrach mich.
»Herr Benek, wir alle schätzen Sie sehr. Sie haben viel für meine Schwester und für unser Volk getan... Und im Ghetto habe ich Juden gekannt, die genauso wie die Nazis waren. Aber diese Juden waren schlimmer...«

Zusammen mit Familie Seideman wartete ich ungeduldig auf die Antwort aus dem Verlag. Endlich klingelte das Telefon. Ewa reichte mir den Hörer. Sie schaute mich gespannt an, so wie einst Anna.
»Ich nehme es«, hörte ich. »Nur, was ist mit dem Titel?«
Ich überlegte einen Moment.
»Nennen wir es ›Postscriptum für Anna und Miriam‹.«

Anmerkungen des Übersetzers

Seite 6
13. Dezember 1981: In der Nacht zum 13. Dezember 1981 wurde von der polnischen Regierung landesweit der Kriegszustand ausgerufen.

Seite 10
Oktober '56: Im Oktober 1956, dem Datum des Aufstandes in Ungarn, kam es auch in Polen zu antisowjetischen Demonstrationen und zu einer Machtverschiebung innerhalb der kommunistischen Parteiführung Polens.

Seite 11
März '68: Im März 1968 laufen zwei Entwicklungen zusammen. An den Universitäten kam es zu heftigen Studentenprotesten gegen die Obrigkeit, insbesondere gegen die Zensur in den Medien, der Kultur und den Wissenschaften. Gleichzeitig fanden parteiinterne Kämpfe ihren Ausdruck in einer antisemitischen Kampagne, in deren Folge ein Großteil der noch in Polen lebenden Juden das Land verließ.

Seite 18
Heimatarmee: Die Heimatarmee (Armia Krajowa, abgekürzt AK) war die Untergrundarmee der polnischen Exilregierung (in London), die in Polen gegen die deutschen Besatzer kämpfte. Ihre bekannteste Aktion war der Warschauer Aufstand von 1944. Wegen ihrer antikommunistischen Orientierung wurden die Mitglieder nach dem Krieg verfolgt.

Seite 22
22. Juni: Am 22. Juni 1941 begann der deutsche Angriff auf die Sowjetunion mit dem Einmarsch in die von der Sowjetunion besetzten ostpolnischen Gebiete.

Seite 29
Kossak-Szczucka, Zofia, polnische Schriftstellerin (1890–1986).

Seite 30
1. September: Am 1. September 1939 begann der Zweite Weltkrieg mit dem deutschen Angriff auf Polen.

Seite 68
4. Juli: Am 4. Juli 1946 kam es in Kielce zu schweren Judenpogromen.

Seite 74
Poale Zion: Jüdische sozialdemokratische Arbeiterpartei, die um 1900 im russischen Teil Polens entstanden war.

Seite 75
Kmicic: Literarische Hauptfigur aus Henryk Sienkiewiczs Roman »Sintflut«.

Seiter 97
Bigos: Polnisches Nationalgericht, Eintopf aus Weißkohl, Sauerkraut und verschiedenen Fleisch- und Wurstsorten.

Seite 106
Wyka, Kazimierz (1910–1975), Historiker und Literaturkritiker.

Seite 107
Bruder unseres bekannten Pianisten: Gemeint ist der Journalist Karol Małcużyński, Bruder des Pianisten Witold Małcużyński.

Volksarmee: Die Volksarmee (Armia Ludowa, abgekürzt AL) war eine kommunistische, zahlenmäßig kleine Untergrundarmee.

Sanacja: »Heilung«, Bezeichnung für ein überparteiliches Regierungsbündnis um Piłsudski mit dem Programm zur »moralischen Heilung« Polens in der Zwischenkriegszeit.

Seite 128
General Sosnkowski, Kazimierz (1885–1969), Mitarbeiter Piłsudskis; nach dem Krieg in der Emigration.

Jabłonna: Internierungslager in der Wojewodschaft Warschau gelegen.

Seite 133
Sobieski, Jan III. König von Polen (1629–1696). Trug mit dem Sieg am Kahlenberg (1683) zur Befreiung Wiens von der türkischen Belagerung bei.

Doktor Korczak, Janusz (1878–1942). Pädagoge und Schriftsteller, begleitete seine Schützlinge in das Vernichtungslager Treblinka.

Die Frau in der Gesellschaft

Band 3746

Band 3755

Band 3782

Maya Angelou
Ich weiß, daß der gefangene Vogel singt
Band 4742

Shulamit Arnon
Die gläserne Brücke
Roman
Band 4723

Ippolita Avalli
Warten auf Ketty
Band 3796

Mariama Bâ
Der scharlach-rote Gesang
Roman
Band 3746

Martine Carton
Etwas Besseres als einen Ehemann findest du allemal
Roman
Band 4718

Dagmar Chidolue
Annas Reise
Roman. Band 3755
Ruth hat lange auf den Herbst gewartet
Erzählung. Band 3736

Janina David
Leben aus zweiter Hand
Roman. Band 4744

Sabine Deitmer
Bye-bye, Bruno
Wie Frauen morden
Kriminalgeschichten
Band 4714

M. Rosine De Dijn
Die Unfähigkeit
Band 3797

Anna Dünnebier
Eva und die Fälscher
Roman. Band 4728

Oriana Fallaci
Brief an ein nie geborenes Kind
Band 3706

Felicitas Frischmuth
Die kleinen Erschütterungen
Eine Mutter aus Wörtern
Erzählung
Band 4700

Maria Frisé
Montagsmänner und andere Frauengeschichten
Band 3782

M. Gabriele Göbel
Amanda oder Der Hunger nach Verwandlung
Erzählungen
Band 3760

Franziska Greising
Kammerstille
Erzählung
Band 3765

Fischer Taschenbuch Verlag

fi 20/13 a

Die Frau in der Gesellschaft

Band 4722

Band 3776

Band 3785

Helga Häsing
Unsere Kinder, unsere Träume
Band 3707

Helga Häsing/ Ingeborg Mues (Hg.)
Du gehst fort, und ich bleib da
Gedichte und Geschichten von Abschied und Trennung
Band 4722

Elfi Hartenstein
Wenn auch meine Paläste zerfallen sind
Else Lasker-Schüler 1909/1910
Erzählung
Band 3788

Jutta Heinrich
Das Geschlecht der Gedanken
Roman
Band 4711
Mit meinem Mörder Zeit bin ich allein
Band 3789

Eva Heller
Beim nächsten Mann wird alles anders
Roman. Band 3787

Claudia Keller
Windeln, Wut und wilde Träume
Briefe einer verhinderten Emanze
Band 4721
Kinder, Küche und Karriere
Neue Briefe einer verhinderten Emanze
Band 10137

Sibylle Knauss
Erlkönigs Töchter
Roman. Band 4704

Angelika Kopečný
Abschied vom Wolkenkuckucksheim
Eine Liebesgeschichte
Band 3776

Christine Kraft
Schattenkind
Erzählung. Band 3750

Jeannette Lander
Ich, allein
Roman. Band 4724

Rosamond Lehmann
Aufforderung zum Tanz
Roman. Band 3773
Der begrabene Tag
Roman. Band 3767
Dunkle Antwort
Roman. Band 3771
Der Schwan am Abend
Fragmente eines Lebens
Band 3772

Doris Lerche
Eine Nacht mit Valentin
Erzählungen
Band 4743

Dorothée Letessier
Auf der Suche nach Loïca
Roman
Band 3785
Eine kurze Reise
Aufzeichnungen einer Frau. Band 3775

Fischer Taschenbuch Verlag

fi 20/14b

Die Frau in der Gesellschaft

Band 3784

Band 3779

Band 4737

Hera Lind
Ein Mann für jede Tonart
Roman. Band 4750

Monika Maron
Flugasche
Roman. Band 3784

Johanna Moosdorf
Die Freundinnen
Roman. Band 4712

Jahrhundertträume
Roman. Band 4739

Fahr hinaus in das Nachtmeer
Gedichte. Band 10217

Kristel Neidhart
Scherbenlachen
Eine Liebesgeschichte
Band 3791

Vier Wände gaukeln mir Heimat vor
Erinnerungen
Band 4729

Karin Rüttimann
Schwalbensommer
Roman. Band 4749

Herrad Schenk
Die Unkündbarkeit der Verheißung
Roman. Band 3798

Marlene Stenten
Puppe Else
Band 3752

Die Brünne
Erzählungen
Band 4706

Jutta Strippel
Kreide trocknet die Haut aus
Roman. Band 3733

Monika Tantzscher (Hg.)
Die süße Frau
Erzählungen aus der Sowjetunion
Band 3779

Miriam Tlali
Geteilte Welt
Roman aus Südafrika
Band 4710

Sybil Wagener
Das kleinere Unglück
Roman. Band 3748

Charlotte Wolff
Augenblicke verändern uns mehr als die Zeit
Autobiographie
Band 3778

Flickwerk
Roman. Band 4705

Hedi Wyss
Flügel im Kopf
Roman. Band 3719

Keine Hand frei
Roman. Band 3732

Waśa Solomú Xantháki
Die Hochzeit
Novelle
Band 3793

Yvette Z'Graggen
Zeit der Liebe, Zeit des Zorns
Band 3757

Zerbrechendes Glas
Roman
Band 4737

Fischer Taschenbuch Verlag

fi 20/2c

Die Frau in der Gesellschaft

Gerda Szepansky
Frauen leisten Widerstand: 1933–1945

Lebensgeschichten nach Interviews und Dokumenten

Band 3741

Frauen erzählen aus ihrem Leben im Widerstand gegen die Nazidiktatur. Da steht die Christin neben der Kommunistin und Sozialdemokratin, die verfolgte Jüdin neben den Frauen, die ihre jüdischen Freunde nicht im Stich lassen. Sie bewähren sich vor der Gestapo, überstehen Gefängnis und KZ durch die Solidarität anderer Frauen. Unterschiedlich von Herkunft, Weltanschauung, Charakter und Temperament, ist ihnen allen eines gemeinsam: der Mut zur Menschlichkeit in einer unmenschlichen Zeit. Die Berliner Autorin Gerda Szepansky hat mit diesen Frauen gesprochen und ihre Lebensgeschichten aufgezeichnet, zur Erinnerung an dieses Kapitel deutscher Geschichte und den Widerstand von Frauen, von dem bisher zu wenig die Rede war.

Fischer Taschenbuch Verlag

fi 16/13

Ida Fink

Eine Spanne Zeit

Erzählungen und das Stück »Der Tisch«

»Gegen die Vergeßlichkeit des Gewissens« *(Frankfurter Allgemeinen Zeitung)* schrieb Ida Fink diese 27 Kurzgeschichten und ein szenisches Stück über das Schicksal von verfolgten polnischen Juden während des Zweiten Weltkriegs – Momentaufnahmen aus einer vergangenen, von vielen schon vergessenen Epoche. Die Autorin berichtet nicht über die Endphase der eigentlichen Vernichtung, sondern über jene kurze Spanne Zeit, die dem Zusammentreiben, dem Transport ins Todeslager oder dem Gang zum Exekutionsplatz vorangeht. Mit sparsamen Strichen gibt sie die Atmosphäre der allgegenwärtigen Todesangst und ihrer lähmenden Wirkung wieder. Gleichsam im Flüsterton erzählt Ida Fink von Menschen und Ereignissen an der Peripherie der Katastrophe. Die Wirkung ihrer sensiblen Prosa beruht auf dem starken Kontrast zwischen der Brutalität der Ereignisse und der zurückhaltenden Erzählweise.

Band 5449

Fischer Taschenbuch Verlag

fi 256/1